Timm Sanders

WÄHREND DIESER TAGE IM WINTER

AF287340

für Ive

Timm Sanders

WÄHREND DIESER TAGE IM WINTER

Diese Geschichte schildert auf subjektive Weise Begebenheiten, die ich selbst erlebt habe. Statt einen losen Papierberg zurückzulassen, bestand meine Absicht darin, dieser Niederschrift eine schönere Hülle zu geben. Zum Schutz der Personen, die darin vorkommen, habe ich sämtliche Namen geändert.

© 2012 Timm Sanders

Satz und Layout:	Creacon, Karlsruhe
Illustrationen:	Art Banditos, Ludwigshafen
Umschlaggestaltung:	Jörg Hill
Lektorat:	Cornelia Benz
weitere Mitwirkende:	Sylvia Schrenk

Herstellung und Verlag: BoD – Books on Demand, Norderstedt

ISBN: 978-3-8482-5655-6

INHALT

LEIDGEDANKEN

„Leid verändert einen Menschen", sagte mir eine Freundin, mit der ich eine Zeit lang keinen Kontakt mehr gehabt hatte. Ich begegnete ihr Wochen, nachdem sich diese Geschichte, die hier geschrieben steht, ereignet hatte und sie spürte Veränderungen in mir. Sie kannte diese Geschichte bis dahin nur in groben Zügen und beschrieb die Veränderungen in meinem Verhalten auch nicht in Details. Es war einfach eine Feststellung ohne Wertung. Wortwörtlich wollte ich die Antwort darauf von ihr auch nicht wissen. Man sieht dir anders in dein Herz, gab sie mir zu verstehen.

Neben Angenehmem und Schönem erfahren wir Leid, immer wieder. Leider! „Wie definiere ich den Begriff Leid?" Leid ist die Folge dessen, dass jemand körperlichen oder auch seelischen Schmerz erfährt, so heißt es in der Fachsprache. Jeder Mensch aber definiert sein persönliches Leid anders und erfährt es auch anders. Es geht in diesem Buch nicht nur um die Auseinandersetzung mit einer gewöhnlichen gescheiterten Liebesbeziehung und dem damit verbundenen Trennungs-schmerz. Nein, vielleicht sind es manchmal auch begleitende Faktoren, die zunächst mit dem Ertragen des „Leides" des Anderen verbunden sind, die dann aber indirekt und unbewusst eigenes Leid verursachen und phasenweise unerträglich erscheinen. Möglicherweise könnte das nämlich genauso gut ein Teil der eigenen Biografie sein, sodass frühere damit verbundene Gefühle und Empfindungen auf einmal wieder allgegenwärtig sind, die zuvor im Verborgenen geschlummert haben.

Diese Geschichte über eine menschliche Grenzsituation habe ich zunächst als Tagebuch beziehungsweise Erfahrungsbericht niedergeschrieben ehe ich versucht habe, die emotionalen Aspekte kontrovers aufzuarbeiten. Sie beschäftigt sich mit einem ernsten Thema, das sich in unserer heutigen Gesellschaft zuhauf wiederfindet. Aber es geht mir nicht so sehr darum, den Leser über den behandelten Inhalt wachzurütteln oder gar betroffenen Personen Linderung zu verschaffen. Zunächst wollte ich einfach nur über diese Erfahrung aus meiner persönlichen Perspektive heraus schreiben.

In diesem Buch geht es um eine „Beziehung zu dritt." Nein, ich spreche hier nicht über eine Dreierbeziehung mit zwei Liebhabern! Es handelte sich dabei um einen Dämon, der später wie ein böser Fluch unsere Beziehung überschattete.

EINS
VERÄNDERUNGEN

Die Wochen und Monate, bevor ich Dana zum ersten Mal begegnete, verliefen eigentlich wie gewohnt. Ich war nicht besonders glücklich, wieder allein zu sein. Auch in beruflicher Hinsicht gab es einige Unebenheiten, die aber für mich nichts Neues waren.

Als selbstständiger Fotograf und Retuscheur kannte ich den alljährlichen Auftragsrückgang meines Hauptkunden im Sommer bereits, und auch in jenem Jahr gab er wieder Anlass zur Sorge. Umso erfreuter war ich, als ich von einem früheren langjährigen Kollegen an einen seiner Hauptkunden weiterempfohlen wurde. Die Firma hieß Lightning-Design. Bei meinem neuen Auftrag ging es um Aufnahmen im Elektronikbereich, die vorwiegend mit Licht und Beleuchtungseffekten zu tun hatten. Während einer Hausmesse besprachen wir die Rahmenbedingungen. Es ging dabei nicht nur um einfache Fotos von Produkten wie Wohnraumleuchten, Strahlern für Messe und Ladenbau sowie Außenleuchten. Nein, auch die Charakteristik des Lichtes sollte authentisch und wirkungsvoll zum Ausdruck gebracht werden. Eine durchaus anspruchsvolle Aufgabe, auch für erfahrene Produktfotografen.

Sehr intensiv setzte ich mich nun mit dem Thema „künstliches Licht" auseinander. Allen Spots, Wandleuchten, Einbauleuchten und Rasterleuchten, wie sie gern in Shops, Museen oder anderen öffentlichen Einrichtungen zu finden sind, widmete ich nun meine Aufmerksamkeit. Es schien mich derartig zu beschäftigen, dass ich allmählich befürchtete, eines Tages an einer Lichtphobie zu erkranken!

Zu meinem neuen Auftraggeber musste ich eine Strecke von ungefähr sechzig Kilometern von der Rheinebene ins Pfälzer Bergland zurücklegen. Dabei erinnere ich mich an eine der Kreuzungen, die ich passierte, wo, passend zu Halloween, Kürbisköpfe ausgestellt waren und die auf mich so bizarr wirkten, als ob sie mir alle entgegenlächelten. Aufmerksam beobachtete ich während der Fahrt auch regelmäßig die Natur, die sich aufgrund des Temperaturunterschieds dort oben schon schneller verändert hatte. Dem eher wechselhaften Sommer in jenem Jahr folgte ein schöner Herbst mit Trockenphasen und angenehmen Temperaturen. Nun neigte sich das Jahr dem Ende zu, die Tage waren kalt und grau, die Wälder hatten inzwischen ihre Blätter verloren und auch die Wiesen und Felder waren vom Frost überzogen.

Meine Fotoshootings bei Lightning-Design erstreckten sich meistens über zwei Tage pro Woche. Zu meiner Unterstützung wurde mir Tobias, einer der Elektriker, zur Seite gestellt, der die zu fotografierenden Produkte montierte und mir auch während der Aufnahmen assistierte. Das Handling mit den Lichtquellen - häufig waren es Phasen-Spots oder Einbau-Leuchten - war, bedingt durch die Stromspannung, nicht ganz unproblematisch, zumal sie immer leuchtend fotografiert werden mussten.

Als Neuling in der Firma kosteten mich die ersten Tage unendlich viele Nerven und Geduld, denn ich musste, wie erwartet, viel Lehrgeld zahlen. Es dauerte Wochen, bis sich eine Routine einstellte und dementsprechend knapp wurde die Zeit, um die fehlenden Artikel für den kommenden Katalog, der im Januar erscheinen sollte, aufzunehmen. Nicht selten mussten Tobias und ich uns von einem der beiden Geschäftsführer, Herrn Sattler, der sich für unentbehrlich hielt und sich deshalb in jedes kleine Detail einmischte, bei der Bildbesprechung herbe Kritik anhören.

Mit meiner Freundin Karen, die ungefähr sechzig Kilometer von mir entfernt wohnte, hatte ich in jenem Jahr relativ viel unternommen. Dabei erinnere ich mich daran, dass wir uns in einem nahegelegenen Kurort den Film „Saint Jacques ... Pilgern auf Französisch" ansahen, ein andermal ging es in die Landeshauptstadt. Jeder kam auf seine Kosten. Zuerst besuchten wir eine Kunstsammlung, danach durchstreifte Karen und ich verschiedene Boutiquen.

Für mich war Karen ein Mensch, mit dem ich über alles reden konnte. Ich erzählte ihr, dass ich unglücklich darüber war, dass sich aus meinen Internetkontakten keine Beziehung entwickelte. Sie regte an, es doch einmal mit einer Kontaktanzeige zu versuchen. Ich winkte sofort ab und erzählte ihr kurz über meine Erfahrungen, nachdem ich ungefähr zwei Jahre zuvor schon einmal eine Kontaktanzeige in der Zeitung aufgegeben hatte. „Na und? Es muss doch nicht immer so laufen, du denkst zu negativ", entgegnete sie mir. Sie erzählte dann von ihrer Kollegin Helga, die zweimal im Jahr eine Kontaktanzeige in der Zeitung schaltete und meinte: „Irgendwann klappt es dann doch mal."

Leider verloren Karen und ich uns nach einem Streit im Herbst aus den Augen und unser Wunsch, miteinander Heiligabend zu feiern, erfüllte sich in dem Jahr deshalb nicht.

Karens Anregung folgend setzte ich also eine Kontaktanzeige in die Zeitung, die am 4. Dezember erschien und in der, passend zur Vorweihnachtszeit, Folgendes geschrieben stand: *Weihnachtsmann sucht Engelchen zum gemeinsamen Funkenflug! Schön wäre es, wenn Du ebenso wie ich an einer festen Bindung interessiert wärst ...*

Zu meiner Verwunderung meldeten sich gleich mehrere Damen darauf. Die beste Nachricht auf meine Anzeige, auf die ich mich dann schließlich meldete, hörte sich ungefähr so an: „Hallo. Ich, Dana, zweiunddreißig Jahre, tschechischer Herkunft, aber in Geislingen geboren, habe zwei Kinder im Alter von zwei und sieben. Der ältere Sohn lebt bei seinem Vater. Melde dich einfach, wenn du magst." Meine Antwort fiel ungefähr so aus: „Hallo, ich heiße Timm, bin auch halber Schwabe, aufgewachsen in Überlingen am Bodensee, einundvierzig Jahre, 185 cm ..."

Dieser Kontakt erschien mir unter den vielen Antworten als ein Lichtblick und vor allem vermittelte Dana auch den Eindruck, wirklich an einem Kennenlernen interessiert zu sein, worüber ich mich freute. Eigentlich hieß sie Danuška, aber ins Deutsche übersetzt wurde sie einfach „Dana" genannt.

Nach einem ausgedehnten Fotoshooting bei Lightning-Design, entdeckte ich verspätet die Antwort-SMS von Dana: „mal zu plaudern..." Da es aber schon spät war, verkniff ich es mir, zurückzurufen und plante, mich am darauffolgenden Abend bei ihr zu melden. Dana kam mir zuvor und rief mich unter meiner Festnetznummer an, die ich ihr zwischenzeitlich per SMS geschickt hatte.

Wir unterhielten uns relativ lange. Es hörte sich an, als hätte sie zuviel getrunken, aber es interessierte mich, was sie so zu erzählen hatte. Erst vor ungefähr sechs Wochen habe sie sich von ihrem geschiedenen Mann getrennt, mit dem sie zwischenzeitlich wieder liiert war. Ihr Exmann, Dr. Clemens Reisinger, mit dem sie zwei Kinder hatte, war ein Arzt für Allgemeinmedizin und arbeitete hart. Er hatte sich unweit meines derzeitigen Wohnsitzes, in Mannheim, einer Großstadt mit ungefähr dreihunderttausend Einwohnern, im März in dem Jahr eine kleine Wohnung gemietet, in welchem Umkreis er nun nachts ständig auf Dienstfahrt war. Spät abends begab er sich mit seinem Köfferchen und dem Privatwagen auf den Weg und machte bei schwerkranken Patienten Hausbesuche. Ein paar Monate später war Dana ihm mit den Kindern gefolgt. Bis für sie und ihre Kinder eine Wohnung in der Nähe ihres Exmannes gefunden wurde, lebte sie übergangsweise in einem davon nicht weit gelegenen Kurort. Erst Anfang Oktober wurde die Wohnung, die für sie vorgesehen war, frei. Kurz darauf ging die Beziehung zu ihrem Exmann erneut in die Brüche. Ich gab zu bedenken, dass diese Sache doch noch zu aktuell sei, um sich auf etwas Anderes einlassen zu können. Es sei etwas vorgefallen, lenkte sie ein. Unter anderem war häusliche Gewalt der Trennungsgrund, worauf sie aber nicht weiter einging.

Ausführlich erzählte sie mir jedoch, wie sie die letzten Tage mit ihrer Mutter zugebracht hatte, die zwanzig Jahre zuvor an den Folgen eines Gehirntumors verstarb. Sie sprach über den letzten gemeinsamen Familienurlaub mit ihr, in dem sie alle während eines ausgedehnten Spazierganges den Weidentieren zusahen und dass sie wegen ihrer plötzlich auftretenden starken Schmerzen sofort die Heimreise antreten mussten. Ihre Mutter verfiel zunehmend in Wahnvorstellungen und verlor allmählich das Bewusstsein.

Es hatte für mich den Anschein, als setzte sich Dana auch mit spirituellen Themen auseinander und so blieb die Frage nach meinem Sternzeichen nicht aus, eine Frage, die übrigens von einer Frau sehr häufig gestellt wird. Nachdem ich ihr mein genaues Geburtsdatum und den Ort verraten hatte, machte sie sich sofort daran, meinen Aszendenten zu ermitteln. Da mein Geburtstag der 7. Juni ist und sie Mitte September das Licht der Welt erblickt hatte, lag sie tatsächlich in meinem Aszendenten. Über den Aszendenten habe ich mir dann sagen lassen, dass dieser auf unsere Persönlichkeit, unser Ego hinweist. Der im Tierkreis gegenüberliegende Deszendent zeigt, was der Mensch braucht, um sein Potenzial auszuschöpfen. Bei Partnerschafts-horoskopen ist deshalb der Deszendent von zentraler Bedeu-tung, der vom Aszendenten abhängt. So kann ein Mensch, der wie ich im Tierkreiszeichen Zwilling geboren ist und dem man nachsagt, dass er oberflächlich handelt, den Aszendenten Jung-frau haben, der nach außen Ordnungssinn und Gründlichkeit verkörpert.

Insgesamt war ich sowohl von ihrer Offenheit beeindruckt als auch davon überrascht, wie bewegend sie mir schon im ersten Telefonat von sich und ihrem Leben erzählte. Ich wollte diesen Menschen unbedingt näher kennenlernen, obwohl die Vorstel-lung, auf diesem Weg der großen Liebe zu begegnen, für mich eher eine illusorische Hoffnung war. Wir verabredeten uns für den zweiten Advent bei ihr zu Hause.

ZWEITER ADVENT

In Anbetracht der Erfahrung, die Dana vor knapp zwei Monaten machen musste, fand ich es ziemlich mutig von ihr, sich gleich beim ersten Date mit mir in ihrer Wohnung zu verabreden und diesen eigentlich schützenswerten Raum einem Fremden preiszugeben.

An jenem zweiten Advent, als ich Dana zum ersten Mal begegnete, war ich vom zurückliegenden Ausgehabend sehr müde und gerädert. Also stellte ich mir den Wecker und ruhte mich zu Hause noch etwas aus, ehe ich mich in ihre Richtung auf den Weg machte. Als ich pünktlich um halb vier in der Waldhofstraße, dem Treffpunkt unseres Blind Dates parkte, meldete sie sich zeitgleich auf meinem Handy, um sich rückzuversichern, ob das Treffen auch tatsächlich stattfindet. Das Haus, in dem sie wohnte, hatte viele Jugendstilelemente und wurde wohl vor gut hundert Jahren erbaut. Mir blieb vor allem der Eingangsbereich mit seinen Wandmalereien und der schmucken Jugendstil-Lampe in Erinnerung. An der Klingel stand auffällig der Name: „Familie Reisinger". Wer wohnt hier sonst noch außer ihr, dachte ich.

Eine hübsche, zierliche Frau öffnete mir die Tür. Schon vom ersten Moment an, als wir uns die Hand gaben, fühlte ich mich von ihr angezogen, denn ihre Berührung hatte für mich etwas Elektrisierendes. Es war kein Händedruck wie es bei einer Begrüßung üblich ist, sondern es war eine zärtliche

Berührung, wobei sie etwas länger meine Hand hielt und mir zulächelte.

Sie war meiner Schätzung nach etwas unter 1,70 m groß, hatte dunkle, schulterlange Haare und trug eine schwarze Trainingshose sowie einen schwarzen Pulli. Die Möbel in ihrer Wohnung waren noch nicht aufgestellt und insgesamt herrschte ein heilloses Durcheinander. Es sah danach aus, als ob gerade jemand ein- oder ausziehen wollte. Die schöne Altbauwohnung mit ihren hohen Wänden war sehr geräumig, denn neben Küche und Bad hatte sie vier Zimmer. An den Decken befanden sich Stuckverzierungen. Mit ihr und ihrem kleinen Sohn lebten in der Wohnung auch zwei Katzen, „Simba" und „Kasimir".

Im Gang stand eine schöne braune Ledercouch, darüber hingen zwei interessante, wohl selbstgemalte Bilder. Ich betrachtete sie etwas genauer und fragte Dana, ob sie diese gemalt hätte. Sie bejahte dies und deutete auf das Bild mit dem roten Grund: „Das eine sind zwei Herzen ..." Sie malte ab und zu und besaß auch eine Staffelei, die sie nach dem Wohnungstausch in die kleinere Wohnung, in der sich gegenwärtig noch ihr Exmann aufhielt und die ungefähr nur drei Kilometer Luftlinie von dieser hier entfernt lag, mitnahm.

Dana erzählte mir nun ihre Geschichte vom zurückliegenden Zerwürfnis mit ihrem Exmann sehr ausführlich und begann etwa mit diesen Worten: „Mein Exmann ist ein begabter Arzt, mit seinen Patienten kann er gut umgehen, nur mit mir konnte er das nicht ..." Von Neuem erwähnte sie auch ihre Mutter und spielte mir „Die Moldau" von Smetana vor, die auf ihrer Beerdigung erklungen ist. Ich ging etwas auf Tuchfühlung, als ich ihre CD-Sammlung begutachtete, indem ich dabei ganz leicht ihren Daumen umfasste, während wir auf dem Boden knieten.

Diese Berührung, so erzählte mir Dana Tage später, wäre ihr durch Mark und Bein gegangen.

Insgesamt bewegten mich ihre Erzählungen über Vergangenes sehr, vor allem, als sie mir wieder von diesem Eklat mit ihrem Exmann berichtete und dass nach seinem Übergriff gegen sie sogar Blut aus ihrem Mund floss. Wie konnte dieser Mensch nur so gewaltsam, so barbarisch auf diese zarte und wehrlose Frau einwirken? Ich empfand auf einmal tiefes Mitleid und äußerte mein Bedürfnis, sie in meine Arme schließen zu wollen. Kaum hatte ich es ausgesprochen, fiel sie mir um den Hals und erwiderte: „Ich mag dich!" Zärtlich kuschelten wir auf dem Teppichboden. Ich wusste nicht, was in mich fuhr und weshalb ich auf einmal ihren Oberkörper entblößte. „Komm, lass uns ins Schlafzimmer gehen", sagte sie. Also, dachte ich, jetzt musst du auch durchziehen, was du nun angeleiert hast, aber ich hatte ein ungutes Gefühl dabei.

Es schien so, als würde ich ihr gefallen und sie sprühte vor Begeisterung: „Du hast ein schönes Gesicht, weißt du das? Du bist ein hübscher Mann, hat dir das schon mal jemand gesagt?" Wenn sie wüsste, wie viele Frauen schon das Gegenteil gedacht und gesagt haben, dachte ich. Auf jeden Fall tat mir das gut, nicht etwa für das Ego, sondern dass gerade sie dieser Auffassung war und natürlich auch, weil ich über sie ähnlich dachte.

Sarah, das Kindermädchen der Familie Reisinger, brachte Danas Sohn Fabian zurück. Nachdem Sarah ihn seiner Mutter übergeben hatte, lag er für eine Weile schläfrig in ihren Armen. Als für das kleine Kind Zapfenstreich war, wollte ich mich verabschieden. Dana hielt mich fest: „Nicht weggehen!" Sie machte Fabian für das Bett fertig, kuschelte sich zu ihm und bat mich zu meiner Überraschung darum, mich zu ihnen ins Bett zu legen. Als er schlief, unterhielten wir uns anschließend bis spät in die Nacht. Am nächsten Morgen schenkte sie mir einen ihrer kleinen Teddybären der Marke Steiff, der mich gedanklich zu ihr führen sollte, während ich nicht bei ihr war.

Dass Dana damals in der Vorweihnachtszeit in mein Leben getreten war, empfand ich als ein Geschenk des Himmels. Es schien als wären wir voneinander „infiziert", so als ob geheimnisvolle Kräfte gewirkt hätten. Selbst als Teenager kannte ich solche Gefühle, wie sie mich nun überfielen, nicht. Nichts war mehr so wie es war, Menschen und Orte sah ich in einem neuen Licht. Ich fühlte mich auf einmal so lebendig! Eigentlich war es zu schön um wahr zu sein, sodass ich mir einbildete, dass meine rosarote Realität bald wieder auseinanderfallen würde.

In der Regel war ich nach einer ersten Begegnung, vorausgesetzt, die gegenseitige Sympathie und Anziehungskraft war bereits vorhanden, bisher immer darauf bedacht, Vertrauen aufzubauen, bevor man sich auch körperlich näherkommt. Außerdem war für mich mitentscheidend, dass die Partnerin sich in der Lage fühlt ebenso allein zu leben, und dass sie von ihren Fähigkeiten und ihrem Wert überzeugt ist.

Meine Erwartungen an diesem Sonntag waren, wie bereits erwähnt, nicht allzu hoch gesteckt, erst recht nicht auf ein Blind Date, das über ein Zeitungsinserat zustande kommt. Sie merkte an, dass ich während des Telefonates nicht gerade vor Begeisterung gesprüht hätte und sie eigentlich kurz davor gewesen sei, abzusagen.

DREI

SICHT DURCH DIE ROSAROTE BRILLE

Was bedeutet eigentlich dieser Begriff, „Die rosarote Brille", der in unserem heutigen Sprachgebrauch ab und zu Verwendung findet? Wir sind berauscht und überwältigt von unseren Gefühlen und haben für einen Moment keinen Raum für negative Energie. Zunächst wollen wir nicht hinter die Kulissen sehen und lassen uns von diesem „Glücksgefühl" einfach treiben. Wir nehmen nicht wahr, dass dieser Zustand auch ein schmaler Grat zwischen Freude und ebenso tiefer Enttäuschung sein kann, weil wir gerade dann sehr sensibilisiert auf diesen Menschen sind, in den wir uns neu verliebt haben. Was ist aber, wenn wir mit der Zeit wieder in unsere Verhaltensmuster zurückfallen und Beziehungsansprüche, emotionale Forderungen und Schuldzuweisungen auf einmal wieder allgegenwärtig sind? Nach rund vier Jahrzehnten Lebenserfahrung wollte ich dieses Mal nicht wieder die gleichen Fehler wie in der Vergangenheit machen.

In Dana hatte ich endlich die ideale Partnerin gefunden. Von Anfang an versprühte sie für mich immer wieder auf eine unvergleichliche Weise Portionen an Leidenschaft, Herzenswärme und Aufmerksamkeit. Sie faszinierte mich nicht nur aufgrund der Tatsache, dass sie meiner Ansicht nach einige Fähigkeiten mitbrachte, sondern auch weil sie mir viel Nähe durch ihre enorme Sensibilität gab und ebenso wegen ihres Bestrebens, viele Dinge kritisch zu durchleuchten. Meine Unsicherheit, die

sich aufgrund meiner negativen Erfahrungen aus der Vergangenheit in meinem Verhalten widerspiegelte, nervte sie zunehmend, aber sie konnte damit umgehen. Sie hatte Verständnis dafür, dass hinter einer bestimmten Verhaltensstruktur eine eigene Geschichte steht. Auch in der Zeit danach trug ich diese Erinnerung an den Menschen Dana weiterhin in mir. Mit Fortdauer unserer Verbindung stand ich aber in Bezug auf sie zunehmend im Widerspruch mit mir. Es gab in dieser Zeit, bedingt durch die Umstände die uns begleiteten, auch genügend Anlässe, die mich ins Grübeln versetzten und manchmal zweifelte ich sogar an der Echtheit ihrer Gefühle mir gegenüber.

Zu Beginn unserer Beziehung war ich sehr darum bemüht, das Feuer zwischen uns zu hüten und am Leben zu erhalten. Ich nahm mir auch vor, ihr den Rücken zu stärken und ein wenig auf sie Acht zu geben. Vor allem wollte ich Intoleranz, Egotrips oder gar Machtkämpfen diesmal keine Chance geben.

Während der Arbeit erreichte mich eine Kurznachricht von Dana. Es war nur ein einziger, wunderbarer Satz: „Schön, dass es dich gibt!" Ich freute mich riesig darüber und wollte auf einmal die ganze Welt umarmen. Für mich war es selbstverständlich, dass ich sie am Abend wieder besuchte. Es zog mich wie ein Magnet zu ihr hin. Auch in der kommenden Zeit sahen wir uns fast täglich und teilten in den Nächten das Bett miteinander.

Meine Bemühungen, in zugänglicher und zärtlicher Weise mit ihrem Kind umzugehen, sollten ebenfalls ein Liebesbeweis in ihre Richtung sein. Natürlich mochte ich diesen Jungen, der gerade sprechen lernte, ganz klar!

Fabian habe sich damals völlig überraschend angekündigt, erzählte Dana. Er sei ein großer Glücksfall für sie gewesen.

Anfangs habe er ein Loch im Herzen gehabt, das sich aber nun geschlossen habe.

Ich spielte mit ihm und malte für ihn Autos. Hin und wieder las ich ihm auch aus Kinderbüchern vor. Eines dieser Bücher, aus dem ich ihm so oft vorgelesen hatte, dass ich den Text bald auswendig konnte, trug den Titel „Die kleine Spinne spinnt und schweigt": „... am Zaunpfahl eines Bauernhofes bleibt sie mit ihren silberhellen Fäden hängen und fängt langsam an, ihr Netz zu spinnen ... da kommt das Pferd und macht jiiiha ... Willst du reiten? Die kleine Spinne spinnt und schweigt". Fabian zeigte auf die Spinne, die im Prägedruck hervorgehoben war und meinte: „Diedaaa?"

An die ersten beiden Bilder, die ich für ihn zeichnete, kann ich mich noch gut erinnern. Das erste zeigte einen Sportwagen und das zweite ein Dorf, das an einem Fluss gelegen ist. Morgens schaute er oft voller Begeisterung mit großen Augen den Mond an, der in der Waldhofstraße ins Wohnzimmer schien. Passend dazu stimmte seine Mama gleich ein Kinderliedchen von Heinz Rühmann an: „La le lu, nur der Mann im Mond schaut zu, wenn die kleinen Babies schlafen ..."

Während der ersten Tage, wenn Fabian schon im Bett lag, kamen Dana und ich uns näher und unterhielten uns über unsere gegenwärtige Situation, unsere Lebensgeschichten und Familien, bis wir irgendwann aneinandergeschmiegt in den Schlaf sanken. Im Schlafzimmer brannte immer ein kleines Nachtlämpchen, da sie in absoluter Dunkelheit nicht schlafen konnte. Als ich sie nach ihren vergangenen Beziehungen fragte, ihren Exmann ausgenommen, erzählte sie mir, dass diese nie sehr lange dauerten und im Schnitt nur zwei Wochen hielten. „Wieso nur so kurz?", fragte ich nach. „Die waren mir zu dumm, deshalb bin ich auch immer wieder zu Clemens zurückgegangen. Denen ging es hauptsächlich nur ums Ficken." Von einem dieser Männer, erzählte sie mir, habe sie eine Abtreibung vorgenommen. Diese Beziehung ging etwas länger, er war, wie Clemens, auch einige Jahre älter als sie. Sie hätte ihn aber nicht wirklich geliebt, gestand sie, nicht so wie bei mir.

Nachdem der Wecker in meinem Handy am nächsten Morgen um halb sieben erbarmunslos schrillte, lag Dana mit hohem Fieber neben mir. Ihr Schlafanzug war nassgeschwitzt. Zum ersten Mal versetzte sie mich damit in ziemliche Aufregung und ich suchte unverzüglich eine Apotheke auf, in der ich ihr Aspirin, Vitaminkapseln und Sandorn besorgte. Woher, zum Donnerwetter, kam auf einmal dieses Fieber, dachte ich, zumal es bei ihr am Abend zuvor hierfür keine Anzeichen gegeben hatte.

Meine Termine bei der Firma Lightning-Design waren im Dezember wegen der Inventur und Weihnachtsfeier um einen Tag in der Woche vorverlegt. Tobias, der Elektriker, der mir aus Zeitgründen die Produkte immer montierte, war nach überstandener Zahn-OP ebenfalls nicht im Vollbesitz seiner Kräfte und fragte mich über Herrn Sattler, ob ich eventuell wieder eine Nachtschicht einlegen könnte. Dieses Mal ließ ich meinem Unmut über seine Planungen freien Lauf und erwähnte, dass ich zu Hause einen Krankheitsfall hätte... „Und da musst Du dich um Leut´ kümmern? Ich rede mit Olaf", fuhr er fort.

Ich erkundigte mich nach ihrem Befinden und warnte sie schon einmal vor, was mir eventuell bevorstand. Im Gegenzug antwortete sie: "Schön, dass du dich meldest, Timm. Nachtschicht, ich glaub´, bei denen piept´s! Hab Fabian bis 15 Uhr bei seinem Vater. Lieg im Bett und kurier mich aus. Das Bett riecht nach dir … Du fehlst mir. Freu mich auf heute Abend, hab dich lieb."

Dana schien sich wieder einigermaßen erholt zu haben, als sie am Abend an der Steuererklärung für ihren Exmann arbeitete und ich währenddessen Fabian aus einem der Kinderbücher vorlas. Sie musste diese Arbeiten für ihn übernehmen, um so die Schulden zu kompensieren, die sie noch bei ihm hatte. Aber sie arbeitete nicht lange daran und wirkte auch nicht besonders konzentriert.

Als sie fertig war, packte mich die Neugier und ich konnte mir nicht verkneifen, sie nach Bildern aus ihrer Familiengeschichte zu fragen. Sie holte eine Schachtel hervor, in der einige Fotos verstreut waren. Sofern ich danach fragte, erklärte sie diese. Unter diesen Bildern befand sich nur ein einziges Foto ihrer Mutter, als sie bereits krank war. Sie zeigte mir auch Bilder von Clemens (als er ein Toupet trug), vom Ski-Urlaub und von der Hochzeit: es zeigte sie zusammen mit ihm, als er ihr den Ehering überstreifte. Das war im Sommer um die Jahrtausendwende, Dana war schon mit ihrem ersten Kind schwanger und trug kinnlange dunkle Haare. Sie wirkte auf dem Bild nicht besonders glücklich. „Ja, für Clemens war das damals ganz anders als für mich", erinnerte sie sich. Dann zeigte sie mir ein Schwarz-Weiß-Bild, das ihn mit Roman auf dem Arm zeigte, Fotos vom Familientreffen anlässlich des sechzigsten Geburtstags ihres Vaters in Tschechien und einige andere.

Als Dana ankündigte, dass am nächsten Tag ihr älterer Sohn Roman kommen würde und dass dies vielleicht problematisch wäre, sagte ich für den folgenden Tag ab und beschloss, sie erst am Wochenende wieder zu besuchen. Entgegen unserer Vereinbarung erhielt ich jedoch am nächsten Morgen eine SMS von ihr. Ich habe sie gleich mehrmals hintereinander gelesen, denn es waren die schönsten Zeilen, die ich jemals erhalten hatte!

"Hallo, mein lieber Mensch. Ich möchte dich nicht bei deiner Arbeit stören… aber ich vermisse dich! Du fehlst mir. Ich hab dich gern bei mir und um mich und in mir. Ach ja, ich mag dich ganz, ganz arg. Wenn du heute noch vorbeikommen möchtest, dann kannst du gerne kommen. Roman wird da sein, aber das ist in Ordnung."

Nach diesen lieben Sätzen konnte ich nicht widerstehen, doch zu ihr zu fahren, auch wenn ich wusste, dass ich ihrem Sohn Roman damit keinen Gefallen tat. Als ich Dana zur Begrüßung kurz umarmte, bekam dies auch Roman mit und fing an zu weinen. Sie tröstete ihn und versuchte ihm zu erklären, dass es mit ihr und seinem Papa eben vorbei wäre und er verstehen müsse, dass es auch andere Menschen in ihrem Leben gäbe, sich aber in der Liebe zu ihm nichts ändern würde. Etwas beklommen zog ich mich deshalb ins Wohnzimmer zurück, bis Dana die Situation beruhigt hatte.

Clemens, ihr Exmann, erfuhr nun zum ersten Mal von mir, höchstwahrscheinlich über Roman. Dana berichtete mir per SMS darüber, nachdem ich sie fragte, ob der Ex schon etwas von unserer Verbindung wusste:

„Schon passiert! Warum ein Mann bei mir schläft, wenn Roman da ist, das zeige nur, dass es mir schlecht gehe und ich dürfe ihm das nicht antun, das könne ich doch machen, wenn er nicht da ist, meinte er! Es kotzt mich grad richtig an, nur Kontrolle! Da kann ich mir gleich im Gefängnis eine Zelle mieten." Diese Worte stimmten mich skeptisch, denn sie hörten sich wie von einem trotzigen, postpubertären Mädchen an. Natürlich fand ich es schön, dass sie sich auch vor ihrem Sohn zu mir bekennen wollte und keine Geheimnisse hegte, andererseits war sein Argument für mich auch einleuchtend. Wir hätten auf Roman Rücksicht nehmen müssen!

An unserem ersten gemeinsamen Wochenende benahm sich Dana mir gegenüber anfangs etwas seltsam. Beide Kinder waren zusammen mit ihrem Vater bei der Oma zu Besuch. In der Küche ihrer Wohnung unterhielten Dana und ich uns wieder über Vergangenes. „Dir darf man nicht soviel erzählen, sonst haust du ja noch ab", sagte sie. Natürlich wusste ich nicht, worauf sie da anspielte. Es kamen weitere komische Bemerkungen ihrerseits, die mich nachdenklich stimmten, wie zum Beispiel, dass wir uns nicht in der Kommunikation treffen würden. Um auf andere Themen zu lenken, holte ich einen Licht- und Leuchtenkatalog aus dem Auto und versuchte, ihr meine Arbeit als Produktfotograf näherzubringen. Sie interessierte sich auch dafür.

Nachdem wir am nächsten Morgen gefrühstückt hatten, führte ich Dana zum ersten Mal in meine Wohnung. Dort hatte sie neben meinem LCD-Fernseher eine DVD über eine Dokumentation Londons entdeckt. Aus einem für mich zunächst nicht erkennbaren Grund fragte sie mich, wie lange meine letzte Beziehung zurückliege und wann und wie oft ich in meinem Leben in England gewesen sei. Sie erzählte mir von einem Menschen, der ihr etwa Folgendes prophezeit hätte: Sie würde einen Mann kennenlernen, der eine Verbindung zu England habe, zwischen achtunddreißig und dreiundvierzig Jahre alt sei und seit ein, zwei Jahren keine Beziehung mehr gehabt habe.

Ohne Dana weitere unangenehme Fragen darüber zu stellen, dachte ich: Wer ist dieser Mensch? Wie kommt sie zu diesen Kontakten und warum stützt sie sich zudem noch auf derartige Prognosen? Suchte sie sich diese Menschen, die ihr falsche Hoffnungen machten, gezielt aus, um dadurch zunächst etwas Balsam für ihre Seele zu bekommen? Später, als die Sache zu mir durchgesickert war, empfand ich diese Masche als den übelsten Missbrauch an Menschen, die in eine Notsituation geraten oder einfach verzweifelt sind.

An jenem Sonntag, dem dritten Advent, den wir fast für uns alleine hatten, suchte ich nach Dingen, die uns miteinander verbinden könnten. Dabei fielen mir die Staffelei und ihre gemalten Bilder ein, die ich in ihrer Wohnung begutachtet hatte, und mir kam der Gedanke, dass sie sich - genau wie ich - auch für Malerei oder Bildhauerei interessieren könnte. Ich machte ihr den Vorschlag, zwei Ausstellungen über zeitgenössische Malerei zu besuchen. Zu meiner Überraschung schenkte sie zum Beispiel Werken, die gegenständliche Kunst zeigten, mehr Aufmerksamkeit als vergleichsweise abstrakten Bildern, die vom Stil eher ihren eigenen gleichkamen.

Hin und wieder, wenn Dana bei mir zu Besuch war, sind wir unweit meiner Wohnung in einem indischen Imbiss essen gegangen. Es gibt meistens ein Buffet unter dem Motto „all you can eat" oder ein Tagesessen. Am Buffet findet man fast alles, was das Herz begehrte, insbesondere auch eine Fülle von Obst- und Gemüsegerichte. Da mir die Speisen im Vergleich zu anderen reichhaltiger erschienen, aber für den kleineren Geldbeutel dennoch akzeptabel waren, ging ich zum Essen öfters dorthin.

Wenige Tage vor Weihnachten, an jenem Tag, als ich mein offiziell letztes Katalog-Shooting bei Lightning-Design hatte, tauschte Dana mit ihrem Exmann Clemens die Wohnung und bezog mit ihrem kleinen Sohn Fabian die kleinere, in der bisher ihr Exmann gewohnt hatte. Clemens bezog, zusammen mit dem älteren Sohn Roman, die schöne große Stadtwohnung, in der Dana die letzten zwei Monate zugebracht hatte. Roman lebte nach dem Vorfall im Oktober bei seinem Vater und wurde von ihm alleine erzogen.

Nach Abschluss meiner Arbeiten besuchte ich Dana am Tag des Einzugs zum ersten Mal in der Wohnung in der Werder-straße. Diese zentral gelegene Maisonette-Wohnung, die sie nun bezogen hatte, war längst nicht so schön und geräumig wie die Altbau-Wohnung in der Waldhofstraße, schien aber für Dana und ihren Sohn komfortabel genug zu sein. Sie war etwa 55 qm groß und befand sich in einem Mehrfamilienhaus, das ungefähr in den sechziger Jahren erbaut wurde. Neben dem Schlafzimmer und Bad, gab es einen großen Wohnbereich, der durch eine Kochecke und eine Empore gegliedert war. Auch einen kleinen Balkon gab es. Etwas öde wirkten hingegen das Treppenhaus sowie die Gänge auf den Stockwerken, wobei der Gestank nach Heizöl und der Gummigeruch des Bodenbelags einem stets in die Nase kroch.

Als ich ihre Wohnung betrat, kam Fabian mir gleich ent-gegengelaufen. Er war übermütig und kniff mir ins Gesicht. Ich sah mich etwas um. Die Aussicht vom Balkon ihrer Wohnung offenbarte eine kahle Stadtlandschaft, bestehend aus platter Nachkriegsarchitekur, die teilweise im grauen, diesigen Winter-himmel versank. Im Kontrast dazu, funkelten durch die Fenster der Wohnungen vereinzelt schon die Christbäume und auch die zahlreichen blinkenden Fensterdekorationen durften, wie alle Jahre wieder, nicht fehlen. Ihre kleine Wohnung in der obersten Etage war noch lange Zeit nach dem Einzug in einem zwar nicht maroden, aber doch eher unvollkommenen Zustand, denn aus den Decken und Wänden hingen noch die Elektrokabel. Es fehlte ihr damals einfach an den nötigen Mitteln, ihr Zuhause wohnlicher und gemütlicher einzurichten. Das störte mich nicht, denn wir hatten uns! Aufgrund der Tatsache, dass wir uns gefunden hatten, wurde dieses eher trostlose Ambiente aus meiner Sicht in ein schöneres Licht getaucht.

Um unsere gemeinsamen Abende ein bisschen unterhaltsamer zu gestalten, baute ich für sie mal ein Regal zusammen, wir kochten gemeinsam, legten Fabian zuliebe eine Malstunde ein oder beschäftigten uns anderweitig mit ihm, bevor er zu Bett gebracht wurde. Da er, typisch für einen Jungen, Autos mochte, hatte ich ihm zuliebe einen schönen nostalgischen VW Käfer auf ein großes Blatt gezeichnet. Während der ersten beiden Abende nach ihrem Einzug ergänzte ich dieses Bild mit einer Straßenszene, wodurch es charakterlich einen Hauch von Nachkriegszeit verliehen bekam. Während ich oben auf der Empore auf dem Bauch liegend an diesem Bild malte, gesellte sich Dana dazu und schaute mir aufmerksam über die Schulter. Immer wieder verabreichte sie mir dabei diese Mini-Dickmanns, die eigentlich für Fabian gedacht waren. Nur das Licht der Stehlampe in der Ecke erhellte ein wenig das Terrain und aus den Lautsprecherboxen ihrer Musikanlage erklangen Lieder von Coldplay, Oasis, The Killers oder U2.

Das Wochenende des vierten Advents verbrachten wir zusammen mit ihren beiden Kindern und schauten uns eine DVD an.

Wir suchten uns den Film „Goodbye Lenin" aus. Filme, die einen geschichtlichen Hintergrund haben, interessieren mich am meisten, zudem hatte dieser Film einen witzigen, aber auch tragischen Beigeschmack.

Roman war diesmal ziemlich ungestüm und zappelig. Infolgedessen schien Dana auf einmal die Nerven zu verlieren. Ihr Wutausbruch, der schon in Hysterie ausartete, versetzte mich für einen Moment in einen Schockzustand. Roman muss sich dabei vorgekommen sein, als würde er auf einmal am Rand von Dantes neuntem Höllenkreis stehen. Nachdem sich die Gemüter wieder etwas beruhigt hatten, machten wir uns auf den Weg zum Planetarium, verbunden mit einem Abstecher zum Weihnachtsmarkt am Wasserturm, mit seinen zahlreichen Ständen, auf denen die Händler, neben Kerzen aus Wachs in verschiedenen Farben und Formen sowie Lichterketten, unter anderem holzgeschnitzte Grippen, Mineralien, Edelsteine und Metallarbeiten ausstellten. Unverkennbar auch die Gerüche nach Tannengrün, Glühwein und gebrannten Mandeln.

Der Besuch im Planetarium sollte Romans Geburtstagsgeschenk sein und Dana hatte schon seit Tagen für eine der faszinierenden Vorstellungen im 360^0-Dome Karten reserviert. Sie bat mich darum, dass ich während der Veranstaltung auf Fabian aufpasse, der dafür noch zu klein war. Fabian jedoch reagierte störrisch und verstand natürlich nicht, weshalb nicht auch er in die Vorstellung durfte. Er brüllte und trat seinem älteren Bruder gegen das Schienbein. Nachdem Dana daraufhin ein paar mahnende Worte an ihn gerichtet hatte und er schließlich in der Spielecke seinen Platz fand, schenkte sie ihrem Sohn Roman nun die Aufmerksamkeit und schaute sich mit ihm den Film „Abendteuer Planeten" an. Roman war von der Vorstellung beeindruckt und die typische Frage lautete: „Mama, glaubst du denn, dass auf anderen Planeten auch Menschen leben?" Dana schmunzelte und fasste sich kurz: „Weiß ich nicht, ich war noch nie auf einem Planeten, aber ich kann mir schlecht vorstellen, dass es tatsächlich außerirdisches Leben gibt." Roman sah seine Mutter entgeistert an, fragte aber nicht weiter nach. Es war ein schöner Nachmittag mit ihr und den Kindern, der mir in angenehmer Erinnerung blieb.

Die Weihnachtsfeiertage waren in jenem Jahr sehr arbeitnehmerfreundlich verteilt, sodass wir nun fünf Tage am Stück ganz für uns alleine hatten. Heiligabend verbrachten wir in Danas Wohnung und kochten eine Nudelspeise mit Meeresfrüchten. Zu diesem Anlass benutzten wir den Wok, den ich als Weihnachtsgeschenk für sie vorgesehen hatte. Als wir am Tisch saßen, brüllte Fabian einige Minuten, bis sie herausfand, dass er das gleiche Gedeck wie seine Mama haben wollte. Meines!, signalisierte sie ihm daraufhin.

Danach war Bescherung. Auf das Singen von Weihnachtsliedern verzichteten wir. Sie bekam den bereits eingeweihten Wok und Fabian zum Spielen ein Feuerwehrauto sowie ein paar Modellautos geschenkt. Von der Tankstelle brachte ich ihm immer diese Ferrari-Spielzeugautos mit, von denen er meistens die Reifen abtrennte. Dana schenkte mir einen schönen Bildband über London. Natürlich freute ich mich über dieses Buch, dachte aber auch, dass sie sich aufgrund der Vorhersagen, die ihr gemacht worden waren, in irgendetwas „verrannt" hatte. Für Fabian hatte sie ebenfalls ein Buch gekauft. Es zeigte auf jeder Doppelseite eine Illustration eines Ortes wie zum Beispiel eines Zimmers, eines Bauernhofes oder eines Freibades. Daneben waren jeweils immer die Objekte abgebildet, die in die Illustrationen integriert waren. Die Aufgabe bestand darin, einzelne Dinge in den Bildern ausfindig zu machen. Immer wieder, meistens bevor er zu Bett ging, setzten wir uns mit dem Buch zu ihm und stellten fest, wie sich dadurch mehr und mehr seine Auffassungsgabe verbesserte.

Am ersten Weihnachtsfeiertag nahm ich Dana zum ersten Mal zusammen mit ihrem Sohn Fabian mit zu mir. Es war das schönste Geschenk, das sie mir machen konnte, denn endlich war diese Wohnung wieder mit Leben erfüllt. Mein Domizil, im Stadtbezirk Lindenhof, war nicht so groß wie die Altbauwohnung, in der wir uns kennengelernt hatten, aber mit rund 80 qm dennoch größer als ihre, die sie vor Kurzem bezogen hatte. Meine modern ausgestattete Wohnung befand sich in einem Wohnblock, der meiner Schätzung nach um die Jahrtausendwende errichtet worden war und hatte einen großen Wohnbereich mit einer Einbauküche. Neben dem hochwertig ausgestatteten Bad hatte sie noch zwei weitere Zimmer, die von mir als Schlaf- und Arbeitszimmer genutzt wurden, sowie einen kleinen Balkon. Dana schien sich hier sofort wohlzufühlen, sie machte es sich mit ihrem Sohn gleich bequem, breitete auf dem Wohnzimmerteppich schon die Spielsachen für ihn aus und stellte auf dem Couchtisch eine Schale mit Süßigkeiten hin. Trotzdem löste ich mein Versprechen ein, um die Mittagszeit für ein paar Stunden meine Eltern zu besuchen und ließ Dana mit ihrem Sohn alleine in meiner Bude zurück.

Während ich bei meinen Eltern zu Tisch saß, kritisierte mich Mutter dahingehend, dass es leichtsinnig von mir wäre, sie und ihr Kind ohne Aufsicht in meiner Wohnung zu lassen. Es könnte fatale Folgen für mich haben, wenn dem Kind in dieser Zeit etwas zustößt oder Dana schnüffelt herum und entwendet irgendetwas. Jedoch sah ich keinen Anlass, warum ich Dana nicht vertrauen sollte.

Am darauffolgenden Feiertag lud ich die beiden zu einem Besuch ins Erlebnisbad ein. Dabei verbrachten wir die meiste Zeit im Kinderplanschbereich und hatten unseren Spaß daran. Wir legten uns in das flache Becken, sahen Fabian, umgeben von angenehm warmem Wasser, amüsiert beim Planschen zu und ich genoss dabei ihre Nähe, ehe sie sich unter das Solarium begab. Der Kleine nutzte die Abwesenheit seiner Mama und schoss wie ein geölter Blitz zur Wasserdüse. Außerdem wollte er die dort herumliegenden Gummitierchen für sich haben und versuchte, sie den anderen gleichaltrigen Kindern, die verhältnismäßig ruhig waren, zu entreißen.

Dana zeigte mir am Abend einen unausgefüllten Totenschein. Clemens hatte immer mehrere auf seinen Dienstfahrten bei sich, falls einer seiner Patienten verstarb. Für Dana hatte dieses Formular symbolischen Charakter in Bezug auf ihn und seine Beziehung zu ihr und bedeudete im übertragenen Sinne wohl soviel wie Abschied.

VIER

MISSKLÄNGE

Ungefähr zwei Tage vor dem Jahreswechsel hatte Dana seltsame Anwandlungen. Sie sprach davon, darüber nachgedacht zu haben, mich einfach „kicken" zu wollen. Dies sei wohl aus der Angst heraus begründet, dass ich ihr vielleicht damit zuvorkommen könnte und sie dadurch vor vollendete Tatsachen stellen würde. Sie befürchtete, es seelisch nicht zu verkraften, sollte ich mich plötzlich „aus dem Staub" machen.

Wir unterhielten uns darüber, wie wir zusammen Silvester verbringen könnten. Sie erzählte mir, dass es die letzten Jahre so gewesen sei, dass mit Menschen, mit denen sie jeweils Silvester gefeiert hatte, im kommenden Jahr dann der Kontakt abbrach und das sollte sich eigentlich dieses Mal nicht wiederholen. Deshalb solle ich Silvester doch lieber mit meinen Freunden planen. „Du musch fei net glaube, dass du emmr um mi rum sei musch", meinte sie abschließend in ihrer schwäbischen Mundart.

Für Dana hatte es den Anschein, als ob sich mein Gemütszustand während der letzten Wochen zunehmend aufgehellt habe. Als wir am nächsten Morgen noch im Bett lagen, sagte sie, ich hätte anfangs einen matten und traurigen Eindruck auf sie gemacht. Das habe sich nun geändert, denn sie erkenne immer wieder ein Leuchten in meinen Augen, ja in letzter Zeit sogar ein Strahlen. Sie fügte hinzu, dass sie selbst jedes Mal, wenn ich morgens zur Arbeit ging, „leiden würde wie ein Hund" in der Vorstellung, dass ich nicht wiederkäme.

Am Sonntag hielt sich Dana wieder zusammen mit Fabian in meiner Wohnung auf. Sie verspürte in diesen düsteren Tagen Lust auf Sonne und suchte sich ein Sonnenstudio in der Nähe meiner Wohnung. Wir haben, typisch für das trübe Winterwetter, nicht viel unternommen und den Nachmittag über einfach nur entspannt. Zusammen mit Fabian hatte sie sich in mein Bett gelegt und geschlafen und nahm im Anschluss daran ein Bad. Sie schien es zu genießen, da sie bei sich zu Hause nur die Möglichkeit hatte, zu duschen.

Damit in ihren Kreisen kein falscher Verdacht aufkommen würde, übernachteten wir vorerst in ihrer kürzlich bezogenen Wohnung in der Werderstraße. Dort herrschte dann am selben Abend eine ungute Stimmung, nachdem Fabian in seiner Tollkühnheit Danas Handy ins Spülbecken geschmissen hatte. Dana, die in meiner Gegenwart bis auf eine Ausnahme, immer Ruhe ausstrahlte und einen liebevollen Umgang mit Fabian pflegte, war nun außer sich vor Zorn. Sie zeigte auf einmal eine ganz andere Seite von sich, und das, was sie so von sich gab, war für mich unfassbar: „Immer ist dieses Kind um mich herum! Ich kann nicht einmal in Ruhe Geschirr spülen oder meine Post lesen, er stresst mich beim Einkaufen, er stört beim Sex ... Ach, am liebsten würde ich ihn einfach mal packen und verprügeln." Natürlich ist ein Kind in diesem Alter auch anstrengend, aber ist das ein Grund, sich so gehen zu lassen? War ihr Nervenkostüm so dünn, dass sie den Belastungen, die eine Kindeserziehung mit sich bringt, nicht standhalten konnte?

Fabian weinte auf einmal ununterbrochen, doch sie wies ihn ab: „Worom blärrsch denn du?!" oder „Hau bloß ab!" „Schau dir mal den da oben an, der geht gleich." Ich hatte mich auf die Empore verzogen und die Szenerie von dort aus beobachtet, was sie obendrein noch provozierte: „Du tust so, als ob du nicht dazugehören würdest." In solchen Momenten flüchtete sie mit ihren Zigaretten immer wieder auf den Balkon. Sie war eigentlich eher eine Gelegenheitsraucherin und sah das Rauchen als eine Möglichkeit, sich wieder zu fangen. Während sie an der frischen Luft war, nahm ich den Kleinen mit nach oben auf die Empore, aber es schien so, als könnte er sich einfach nicht beruhigen.

Nachdem sich ihr Groll wieder verzogen hatte, bemerkte sie im versöhnlichen Tonfall in Fabians Richtung: „Du machsch mir älles hee." Irgendwie wollte ich zu ihr dazu noch sagen: „Das Kind kann doch nichts dafür", was ich mir aber verkniff, da ich mich in ihre Erziehung nicht einmischen wollte.

Um den Produktkatalog abzuschließen, war ich noch einmal einen halben Tag für Lightning-Design im Einsatz und hatte für das Cover Aufnahmen gemacht, die aber letztendlich doch nicht verwendet wurden. Anschließend lud mich Olaf ins Steakhouse zum Mittagessen ein und sprach davon, was wir in Zukunft noch optimieren müssten. Er versprach, dass der Katalog im kommenden Jahr noch umfangreicher werden würde als dieses Mal und dass zusätzlich einige interessante Outdoor-Shootings für Actionaufnahmen europaweit anstehen würden.

Einen Tag vor Silvester zitierte mich mein Auftraggeber Herbert Velda in sein Büro. Wie vor etwa vier Monaten fragte er mich erneut, ob ich weiterhin an zwei Tagen pro Woche noch für andere Firmen tätig und für ihn dann nur begrenzt verfügbar wäre. Daraufhin versuchte ich ihm zu erklären, dass ich mich als Selbstständiger nicht ausschließlich auf nur ein Unternehmen stützen kann und auch Sicherheiten brauche. Außerdem würde die Arbeit von diesem Kunden nicht nur gut, sondern vor allem prompt bezahlt werden. Neben der Tatsache, dass ihm meine Nebentätigkeit nicht passte, fühlte er sich von mir provoziert und reagierte säuerlich: „Ach so, die Arbeit hier ist also schlecht bezahlt? Na dann muss ich mich ganz schnell nach weiteren Mitarbeitern umsehen, damit ich im Falle einer guten Auftragslage nicht alleine dastehe! Und, da Sie gerade das Thema Sicherheit ansprechen: Ich habe Ihnen jahrelang das Vertrauen geschenkt...“ Das war wohl richtig, aber ich fühlte unangenehmen Druck und fing an zu grübeln, ob ich vielleicht mit meiner Berufswahl damals einen Fehler gemacht hatte. Als wir ein paar Tage später noch einmal darüber sprachen, war dieser Disput allerdings wieder vergessen.

Dana bat mich darum, ihr mein Ersatzhandy zur Verfügung zu stellen, schließlich wollte ich doch auch, dass sie für mich weiterhin erreichbar blieb. In meiner Wohnung lud ich es teilweise und brachte es ihr am Abend mit. Aus einem für mich unerklärlichen Grund verhielt sie sich mir gegenüber ziemlich unfreundlich, worauf ich sie dann auch ansprach. Sie erwiderte meinen Gruß nicht einmal, als ich ihre Wohnung betrat und als ich ihr mein zweites Handy zur Verfügung stellte, vermittelte sie nicht gerade den Eindruck, als hätte ich ihr damit einen Gefallen getan. „Es ist nicht geladen“, stellte sie in vorwurfsvollem Ton fest.

Während sie mit Fabian beschäftigt war, zog ich mich nach oben auf die Empore zurück. Ich hatte genug eigene Probleme. Genervt stellte ich ihr später eine provokative Frage: „Dir würde es bestimmt nichts ausmachen, wenn ich gehe?“ Sie ließ sich davon nicht beirren und gab gelassen zur Antwort: „Wenn du willst, kannst du gehen, es hält dich niemand davon ab." Sie war relativ ruhig, bemerkte aber, bevor wir uns schlafen legten, noch mit spitzer Zunge: „Du führst ein Lotterleben!" Natürlich entfachte dies wiederum eine Diskussion, ich hatte aber wenig Lust, mich dafür zu rechtfertigen.

Am Morgen des Silvestertages verhielt sie sich weiterhin sehr kühl und unnahbar. Es gärte in mir und ich fragte nach: „Was is´ denn?" „Mittwoch", gab sie in eisigem Ton zur Antwort. Nach dem Frühstück fuhr ich sie mit ihrem Kind zum Computerhändler, um ihren Laptop in Reparatur zu bringen und verabschiedete mich vorläufig, ehe ich ihr per Zufall in der City auf der Fußgängerzone wieder begegnete. Es war ein seltsames, befremdendes Gefühl, so als ob wir eigentlich kein Paar wären und uns für längere Zeit nicht gesehen hätten. Weiterhin benahm sie sich eigenartig: „Was machst du denn hier? Du siehst ziemlich zerschlagen aus! Wir feiern heut Abend auch, was Fabian?" Förmlich drückte ich ihr die Hand, fügte noch ein „Mach´s gut" hinzu und ging.

Vielleicht war die Häufigkeit, in der wir uns sahen, für sie auch zuviel des Guten und sie wollte einfach eine Auszeit haben? Zeit, um ein bisschen zu sich selbst zu finden? Was mich betraf, so stand es mit meiner Laune auch nicht gerade zum Besten. Beruflich wusste ich nie genau, wie es weitergehen und ob es auf lange Sicht überhaupt Aufträge geben würde. Es war zwar nicht der schlechteste Job, den ich hatte, aber in Anbetracht der begleitenden Umstände in diesem Business, die manchmal so ermüdend und derart zerstörerisch wirken konnten, keimten zunehmend Gedanken über eine Umorientierung auf. Es fehlte an der nötigen „Schmierung" und ich musste zudem noch den Kopf hinhalten, wenn gelegentlich etwas in die Hose ging. Die Möglichkeit einer Umschulung oder Weiterbildung, um aus diesem Fahrwasser wieder zu entkommen, sah ich allerdings nicht, da auf den Ämtern und Kommunen im Hinblick auf die Wirtschaftskrise gespart wurde, wo es nur ging. Gerade jetzt an Silvester war es so, dass ich innerlich brodelte und ich wollte Dana an meinem Missmut nicht teilhaben lassen.

Schließlich fragte ich in meiner Gefühlslage, nicht zuletzt auch wegen Dana, meine beste Freundin Lydia um Rat. Sie ist in solchen Fällen stets der beste Ansprechpartner für mich gewesen. Lydia machte mir dann den Vorschlag, zum Jahresbeginn mit Dana offen über meine Absichten zu sprechen. Sollte ich mir aber wirklich diese Blöße geben, vor allem für einen Menschen, der vielleicht im Begriff ist, zurückzurudern, überlegte ich. Der Schuss konnte leicht nach hinten losgehen. Aber ich wollte Klarheit, und zwar schnellstmöglich! Ich konnte es mir nicht verkneifen, Dana dann doch anzurufen, aber sie ging nicht ans Telefon. Zehn Minuten später versuchte ich es nochmals – wieder sprang nur die Mailbox an, weshalb ich sie in einer Kurznachricht um Rückruf bat.

Nervosität und Angst mischten sich zu einem teuflischen Gebräu. Dunkle Wolken zogen auf und in meinem Kopf war auf einmal kein Platz mehr für positive Gedanken. Jede halbe Stunde sah ich nun auf mein Handy - keine Antwort, nichts! War die Sache mit Dana, die ein paar Wochen zuvor so wunderbar und hoffnungsvoll begonnen hatte, also nichts weiter als ein Strohfeuer? Sie hatte ja bereits erwähnt, dass ihre zurückliegenden Beziehungen nie lange gehalten hatten und ihrem Verhalten nach konnte ich annehmen, dass sie sich in Gedanken schon wieder weit von mir entfernt hatte.

Bedrücktheit und Trauer überkamen mich, als ich anfing zurückzuschauen und mit meinem Schicksal zu hadern. „All die Jahre habe ich doch ständig auf die Fresse gekriegt, warum bekomme ich nicht mal eine faire Chance?", dachte ich und versuchte mein Verhalten gegenüber Dana zu reflektieren. Am Anfang einer Beziehung übe ich mich oft in Zurückhaltung und bin vorsichtig mit dem, was ich sage. Es ist ein Abtasten. Vor allem, wenn ich den Anderen noch nicht so gut kenne, breiten sich in mir meistens Befürchtungen aus, dass Gesagtes überbewertet werden könnte. Deswegen wäre es manchmal schön zu wissen, welcher „Film" gerade auf der Gegenseite abläuft.

Ein paar Stunden später klingelte das Telefon. Dana. Sie war betrunken, was man deutlich an ihrer Stimme hören konnte, und erzählte von ihrer Therapiezeit in Johanneskirchen sowie von der Begegnung mit Margit Dahlke, die dort das Heilkunde-Therapiezentrum leitete. Ihr Mann, Ruediger Dahlke, ist ein bundesweit bekannter Arzt, Psychotherapeut und Autor. Sie berichtete mir, dass sie davon beeindruckt gewesen sei, wie liebevoll sich Frau Dahlke einmal ihres Sohnes Fabian angenommen habe und wie ruhig und ausgeglichen er danach gewesen sei. Ihren erneuten Provokationen, dass ich ein Lotterleben führen würde und dass ich ihr fremd sei, begegnete ich diesmal mit Gleichgültigkeit.

Für den Silvesterabend war ich mit meinen Freunden für eine Party in einer Eventlocation, in der wir uns öfter schon getroffen hatten, verabredet. Frost und Glatteis machten die Straßen schlecht befahrbar und eigentlich freute ich mich nicht unbedingt darauf. „The same procedure as every year, James", heißt es in der Silvester-Comedy "Dinner for one". Immer diese Wiederholungen, dachte ich.

Als mich Dana am Neujahrstag um die Mittagszeit empfing, war sie wieder angetrunken und lenkte die Gespräche unter anderem auf Inhalte wie etwa ihre Familiengeschichte. Beide Elternteile stammten aus der damaligen Tschechoslowakei. Sie waren einander vor oder während der Wirren des Prager Frühlings begegnet, als unter Alexander Dubček versucht wurde, die Kommunistische Partei der Tschechoslowakei zu liberalisieren. Nach Abschluss des Warschauer Paktes wurde das Vorhaben, einen „Sozialismus mit menschlichem Antlitz" zu schaffen, gewaltsam unterbunden. Ihre Eltern emigrierten nach Deutschland.

Ausführlich erzählte sie mir nun von den Begegnungen mit Herrn Maisch. Dieser war ein guter Bekannter ihrer ältesten Schwester Tereza. Er entdeckte damals ein kleines Foto von Dana in Terezas Portemonnaie, woraufhin er sie unbedingt treffen wollte. Dieser Mensch wurde schnell eine wichtige Bezugsperson für Dana und nahm sich ihrer an. Als er ihr zum ersten Mal begegnete, erkannte er sofort ihr Bedürfnis, Beerensaft zu trinken. Er stellte ihr ein Glas hin, ohne dass sie ihn darum gebeten hatte. Überhaupt vermutete sie, dass er wohl ungeheure Fähigkeiten haben musste, denn er wusste auch über ihr Umfeld Bescheid, ohne vorher davon erfahren zu haben. Er sprach sie auf ihre Beziehung zu Clemens an und sagte mit einem Fingerzeig: Vorsicht!

Ich nehme an, dass sich Dana seitdem immer wieder Menschen anvertraut hatte, die vorgaben, übersinnliche Kräfte zu besitzen. Ihrer Schilderung folgend war Herr Maisch, der mit seinem Gärtnereibetrieb ein eher bürgerliches Leben führte, meiner Einschätzung nach einfach nur ein Mensch mit Bodenhaftung und verfügte zusätzlich über sehr viel Empathie und Nächstenliebe.

Wie in unserem allerersten Telefonat berichtete Dana erneut umfangreich über den Tod ihrer Mutter, die sich in der Erziehung und dem Umsorgen ihrer Kinder häufig überfordert und alleingelassen gefühlt hatte, während der Vater, ein gut aufgestellter Agrarwirt mit einem Weingroßhandel, häufig auf Dienstreisen war. Seine Freizeit verbrachte er oft mit Freunden oder er frönte seinem Hobby, dem Tennisspielen. Dana war das dritte von insgesamt fünf Kindern. Sie hatte zwei ältere Schwestern und zwei jüngere Brüder, die damals noch sehr klein waren. Oft habe ihre Mutter sie heftig verdroschen, wenn sie aus der Reihe tanzte, erzählte sie. Ihre schwere Krankheit hatte sie erahnt, keiner wollte sie jedoch darauf ansprechen. Als sie darüber endgültig Gewissheit bekam, lebte sie nur noch wenige Tage. Der Tod der Mutter traf sie mit damals dreizehn Jahren also hart und unvorbereitet. Als die Mutter im Sterben lag, wurden die Kinder während des Schulunterrichts zu ihr in das Krankenhaus gebracht, um Abschied zu nehmen. Dana hatte in ihrer Verzweiflung schreiend mit den Fäusten gegen die Wand gehauen: „Nein, nein, nein, nicht meine Mutter!"

Nach ihrem Tod kümmerte sich der Vater in seiner Trauer einfühlsam um Dana, bevor nach Jahren eine neue Lebensgefährtin an seine Seite trat. Die neue Situation nahm Dana mit Bitterkeit zur Kenntnis. Aufgrund der Tatsache, dass seiner Partnerin nun weitaus mehr Privilegien eingeräumt wurden als ihre Mutter, ihre Geschwister und sie selbst jemals hatten, begegnete sie ihrem Vater mit Argwohn, was einen Keil zwischen sie und ihn trieb. In negativer Erinnerung blieben ihr dabei vor allem jene Momente, in denen er sich zusammen mit dieser Dame auf ein Schäferstündchen ins Schlafzimmer zurückzog und sie das laute Gestöhne, das durch Türen und Wände hallte, leidvoll ertragen musste.

Ich möchte nicht im Seelenleben Betroffener in etwas „herumbaggern", das ich nicht selbst erlebt habe. Aber man spricht davon, dass Kinder neben der Erleidung eines Schocks auch manchmal die Orientierung verlieren, wenn eine ganz wichtige Bezugsperson oder ein Elternteil auf einmal für immer weg ist. Ganz im Bewusstsein, dass die Eltern normalerweise neben Liebe, Nähe und Aufmerksamkeit auch eine Schutzfunktion vermitteln, bricht mit diesem Verlust der Boden unter den Füßen weg.

Ihre Geschwister verfolgten später entschlossen und konsequent ihre Ziele, während es für Dana selbst nicht gerade einfach war, ihren Weg zu finden. Nach einem abgebrochenen Studium der Betriebswirtschaft hielt sie sich häufig mit Gelegenheitsjobs in der Gastronomie über Wasser. Sie litt damals unter Migräneanfällen und begegnete ihrem späteren Mann, dem Arzt, zum ersten Mal als seine Patientin. Im Laufe der Zeit schlugen ihre Geschwister in verschiedenen Teilen Deutschlands Wurzeln und fünf Jahre nach der Jahrtausendwende verkaufte ihr Vater das Haus, in dem sie aufgewachsen waren. Er zog mit seiner aktuellen Ehefrau nach Tschechien zurück und verlegte auch seinen Firmensitz dorthin. Damit war ihr früherer Lebensmittelpunkt praktisch ausgelöscht.

Am Abend machte sie für Fabian und sich das Essen und schmiss dabei Erdnussflips in die Bratpfanne. Sie trank munter weiter, woraufhin ich sie bremsen wollte: „Jetzt mach mal halblang, du wirst diese beiden Flaschen, die ich dir gebracht habe, doch wohl nicht heute noch trinken wollen. Ich weiß nur, dass du genug hast." Sie fühlte sich angegriffen und meinte in ihrem Schwäbisch: „Du, da ka i fei ganz schee sauer werde, wemmer mir so daherkommt." Wie ich es fast erwartet hatte, nahm sie meine mahnenden Worte nun zum Anlass, um die Atmosphäre zu vergiften. Nach einem flüchtigen Blick auf meine Armbanduhr fauchte sie: „Muschd scho wieder auf d´Uhr glotza? Willschd´ uff oimol wieder ganga? Langweilt´s di? Schdoschd´ romm wie bschdellt on net abgholt. Komm Fabian, sällr basst net zu ons." Üblicherweise suchte ich bei einem solchen Verhalten immer das Weite, zeigte mich aber dieses Mal davon unbeeindruckt. Ich ließ es durchgehen, so als ob sie bei mir einen Bonus für schlechtes Benehmen hätte. Vielleicht auch gerade deshalb, weil sie aufgrund ihres Zustandes in diesem Moment nicht sie selbst war.

Auf der Empore ließ sie es dann krachen und machte die Musik schön laut. Das fand ich bis dahin noch in Ordnung. Fabian hatte auch seinen Spaß daran und nahm sich einen Gegenstand, den er zum Mikrophon umfunktionierte, und summte mit. Nachdem er von ihr zu Bett gebracht worden war, ließ sie die Musik weiter lautstark laufen. Ein Lied ließ sie in der Endlosschleife spielen und sang den Refrain immer wieder mit: *„Then I see you standing there, wanting more from me, and all I can do is try."* Schlicht und einfach *„Try"* heißt dieses Lied, in dem die kanadische Sängerin Nelly Furtado ihre zwischenmenschlichen Erfahrungen verarbeitet hat. Sie beschreibt in den *Lyrics*, dass sie versuchen will, sich wieder auf eine neue Beziehung einzulassen, obwohl ihr in ihrem bisherigen Leben schon viele falsche Menschen begegnet sind.

Es geht darin um Aufbruch, die Absicht, sich von Vergangenem zu lösen und Zeichen für einen Neuanfang zu setzen. Ich schätze, dass mit Sicherheit auch Dana damals ähnliche Gefühle mit diesem Lied verbunden haben muss.

Auf einmal fing Dana an zu weinen und erzählte von einem Klinikaufenthalt, der knapp vier Jahre zurücklag. Nur über die genaue Ursache, was sie damals dorthin gebracht hatte, sprach sie nicht. Sie wurde für ein paar Tage in einem künstlichen Koma gehalten und erinnerte sich an einen Pfleger, der während der Aufwachphase neben ihrem Bett gesessen hatte. Er fand es bedrückend, eine junge und hübsche Frau, wie sie es war, in einer solch schlimmen Verfassung anzutreffen. Vielleicht ging bei ihren Erzählungen auch ein bisschen die Phantasie mit ihr durch, als sie mir weismachen wollte, sie hätte im Krankenhaus von hochgiftigen Desinfektionsmitteln getrunken zu haben. Wir mussten lachen, als sie von einem Mitpatienten berichtete, der sich versprochen hatte: Er sprach von Promilletee und meinte Kamillentee. Eine Anspielung?

Es hatte für mich den Anschein als wäre Dana zunehmend neidisch auf mich. Mit einem Kind konnte sie ihr Leben nicht so flexibel gestalten wie ich. Ich persönlich empfand das aber nicht als Nachteil.

FÜNF

ZWISCHEN VERTRAUEN
UND SKEPSIS

Die heutige Gesellschaft ist so gemacht, dass jeder nur an sich denkt, seinem eigenen Beruf, Hobbys und Interessen nachgeht und niemand so einfach bereit ist, für den Anderen etwas aufzugeben. Oft sind wir es selbst, die sich dem Glück durch überzogene Vorstellungen und Erwartungen in den Weg stellen. In diesem Zusammenhang erinnere ich mich an ein Zitat, das ich vor geraumer Zeit einmal auf einem Facebook-Profil einer Bekannten entdeckt hatte: „Wer will, findet Wege, wer nicht will, findet Gründe." Diese knappe Formulierung bringt es auf den Punkt.

Ich hatte zunächst gedacht, mit Dana eine Verbindung gefunden zu haben, die ausbaufähig sei, denn sie war auf einmal aus meinem Leben nicht mehr wegzudenken. Auch hatte ich dieses Mal nicht das Gefühl, wie sooft in meiner Vergangenheit, mich für eine Zeitlang in meine vier Wände zurückziehen zu müssen. Worte wie Liebe, Empathie und Nähe konnte ich nun wieder mit ehrlichen Gefühlen verbinden, obwohl ich in den letzten Jahren immer wieder bezweifelt hatte, diese Fähigkeit überhaupt noch zu besitzen. In Wirklichkeit verband mich mit dem Begriff „Liebe" eigentlich immer häufiger Bitterkeit. Statt bereit zu sein, Sehnsüchte und Interessen miteinander zu ergründen und schließlich auch zu teilen, begab ich mich immer wieder auf einen Kriegsschauplatz für Auseinandersetzungen um gekränkte Eitelkeiten und Anerkennung. Dabei wünschte ich mir nichts weiter, als dass endlich Stetigkeit in mein Privatleben einziehen würde: Das Gefühl, angekommen zu sein und zu wissen, wohin ich gehöre. Ich sah nun die Chance, vielleicht doch noch einmal eine feste Partnerschaft aufbauen zu können und ich wollte es einfach wissen.

Das Lied „High Hopes" von Pink Floyd, dessen Lyrics an eine persönliche Jugenderinnerung des Songwriters geknüpft sind, ließ ich im Auto in der Endlosschleife spielen. Aber es war der Liedtitel (übersetzt: Große Hoffnungen), der mich ansprach, denn auch ich trug in diesen Tagen große Hoffnungen in mir.

Für Dana stellte sich unsere Verbindung etwas anders dar. Ihr ging es eigentlich nicht gut, aber noch wusste ich nichts Genaueres darüber. Es war für mich aber erkennbar, dass sie sich verständlicherweise einen Menschen um sich herum wünschte, dem sie absolut vertrauen konnte, was in ihrer Vergangenheit wohl kaum der Fall war.

Ich verbinde noch heute viele kleine Details mit unserer Anfangszeit. So habe ich zum Beispiel das Glockenläuten der nahegelegenen Christuskirche in Erinnerung, als ich abends, lange nach Einbruch der Dunkelheit, in der Straße, in der Dana wohnte, mein Fahrzeug parkte.

Oder unsere Spaziergänge durch die kalten Winterabende! Hin und wieder gingen wir während der ersten Tage in diesem Jahr spazieren, meistens von ihrer Wohnung aus durch die Fußgängerzone der Innenstadt. Nachdem sie sich, zusammen mit ihrem Sohn, nachmittags häufig ein ausgedehntes Nickerchen gönnte, mussten wir etwas unternehmen, was Fabian vor dem Zubettgehen wieder müde machen würde, damit er nicht bis spät in die Nacht herumgeisterte. Also machten wir uns abends gegen halb acht auf den Weg, nachdem sie ihn inzwischen in dicke Winterkleidung gepackt und in seinem Kinderwagen mit warmen Decken umhüllt hatte. Er bewunderte den Mond, der, als wir aus dem Haus gingen, die Umgebung erhellte.

Die Stadt wirkte schon um diese Uhrzeit wie ausgestorben. Sofern die Jalousien an den Fenstern der Häuserfronten nicht heruntergelassen waren, sah man vereinzelt das Licht der Fernseher in den Wohnzimmern flackern. Kaum jemand wagte sich aufgrund dieser Eiseskälte noch auf die Straßen. Während die Fußgängerzone in der City durch die Geschäfte und den noch immer weihnachtlichen Lichterschmuck beleuchtet war, vermittelten die Straßen, die wir zuvor entlang gegangen waren, fast schon eine gespenstische Atmosphäre. Der kalte Wind nahm mir fast den Atem, aber ich fühlte mich gut dabei und freute mich auf unseren obligatorischen Kakao, den wir in einer stilvollen Café-Bar am Paradeplatz zu uns nahmen, um uns wieder etwas aufzuwärmen.

In der Tat hatten uns diese ausgedehnten Abendspaziergänge nach ungefähr zwei Stunden nicht nur gutgetan, sondern auch richtig müde gemacht. Wenn wir wieder zu Hause ankamen, legten wir uns oft noch minutenlang, bis Fabian schläfrig wurde, auf den Boden im Wohnbereich ihrer Wohnung, ehe wir schlafen gingen. Sobald ich mich auf den Bauch gedreht hatte, machte sie es sich, als wäre ich eine Unterlage für sie, auf meinem Rücken bequem, während ich mich auf ihren Atem konzentrierte, den ich im Nacken spürte. Unser Verhältnis schien ausgeglichen zu sein, auch was unser Intimleben anging.

An einem der ersten Wochenenden zum Jahresbeginn, ich glaube es war um den Zeitraum der Heiligen Drei Könige, war ihr älterer Sohn Roman wieder bei ihr zu Besuch. Für den Nachmittag beschlossen wir, miteinander eine Medien-Ausstellung zu besuchen. Im Museum wollte Fabian einen Raum voller Spielsachen nicht mehr verlassen. Dana musste all ihre Überredungskünste zum Besten geben: „Wir kommen nachher wieder hierher." In der oberen Etage waren eine Mediensammlung und Demonstrationen von Playstations aus verschiedenen Zeitepochen installiert, worüber sich Roman freute und auch gleich hermachte. Dana vermied es aber, in seinem Alter zu viel Verbindung zu elektronischen Medien zu schaffen. Als krönenden Abschluss besuchten wir den Botanischen Garten mit seinen vielen tropischen Pflanzen und faszinierenden Kakteen.

Clemens hatte Dana zwischenzeitlich die Bearbeitung seiner Steuerangelegenheiten erlassen und sie jemand anderem gegeben. Ihr Laptop war außerdem noch immer in Reparatur. „Vielleicht zahlst du mir die Schulden, die du bei mir hast, mal wieder zurück, wenn du Geld hast, du musst es aber nicht", zitierte sie ihn. Weiter gab sie mir zu verstehen, dass ihr älterer Sohn Roman meine Anwesenheit nun nicht mehr ertragen könnte, wenn er bei ihr zu Besuch war. Er hatte nicht etwa ein persönliches Problem mit mir, nein, es waren wahrscheinlich die zwischen den Elternteilen entstanden Veränderungen, die ihn wohl sehr belasteten und es tat ihm einfach nicht gut, einen anderen Mann an der Seite seiner Mutter zu sehen. Von dieser Zeit an schwieg sie auch vor ihrem Exmann über unsere Beziehung.

Dana lebte nun mit ihrem kleinen Sohn einige Tage am Stück bei mir. Ich räumte ihr einige meiner Fächer des begehbaren Kleiderschrankes im Schlafzimmer frei, damit sie für ihre und Fabians Kleider Platz hatte. Ihre Bücher platzierte sie auf dem Sideboard im Wohnzimmer, unter anderem eines vom Psychotherapeuten und Lebensberater Ruediger Dahlke und die Biografie von Konstantin Wecker, einem deutschen Liedermacher „Die Kunst des Scheiterns". Über die Inhalte von Weckers Buch sprach sie oft. Sie hatte sich intensiv mit seiner Biografie befasst und erzählte auch, dass er zwischenzeitlich auch einmal „ganz unten" war. Er habe wegen Drogenbesitzes für ein paar Jahre im Gefängnis gesessen. Am meisten aber interessierte sie sich für den Visionär Eckhard Tolle und sein Buch „Jetzt! Die Kraft der Gegenwart".

Da Dana auch mit ihrem kleinen Sohn in meiner Wohnung über Nacht blieb, schlug ich vor, dass er auch hier ein Kinderbettchen für sich haben sollte. Deshalb suchten wir nach passenden Angeboten, und wurden über ein Zeitungsinserat fündig.

Für Mitte Januar stand noch ein Gerichtstermin in Danas Terminkalender. In diesem Zusammenhang erwähnte sie erneut Clemens' Übergriff im Oktober und meinte dieses Mal, sich an Details nicht mehr erinnern zu können, wahrscheinlich aufgrund von Verdrängungsmechanismen. Weiter erzählte sie mir von einem Brief, den ihr Exmann bezüglich des Wohnungswechsels an den Richter verfasst hatte und worin er auch den Eklat vom vergangenen Herbst erwähnte. In meiner Wohnung gab sie mir den Brief schließlich zu lesen, ohne dass ich zuvor danach gefragt hatte. In diesem Brief stand unter anderem, dass er sie nach einem massiven Wutausbruch ihrerseits in einem unkontrollierten Moment heftig zur Türe herausgestoßen habe, sie sich dabei an der Sofakante verletzt habe und mit dem Gesicht auf den Dielenboden gefallen sei. Die Behauptung, er hätte sie danach geschlagen und an ihren Haaren gezogen, sei schlicht und ergreifend falsch. Ferner erwähnte er, dass sie mit einer gewissen seelischen Instabilität und einer verminderten Selbstwahrnehmung behaftet sei, die unmittelbar zum Vorfall geführt habe. Beide hätten eine schwierige Beziehung geführt und es habe eine endgültige Trennung stattgefunden.

Meine Skepsis gegenüber Danas Schilderungen über den Vorfall musste sie bemerkt haben. „Jetzt weißt du es ja", sagte sie in einem zynischen Unterton. In der Tat wusste ich nicht so recht, wie ich das beurteilen sollte. Irgendwie hatte er sich in diesen Zeilen für mich gar nicht so unglaubwürdig angehört, denn zumindest hatte er seinen Übergriff zugegeben. Ein anderer hätte, wenn er feige gewesen wäre, wahrscheinlich in vollem Umfang darüber geschwiegen und beharrlich jede Schuld von sich gewiesen, so dass Aussage gegen Aussage stünde. Trotzdem werden in solchen Fällen oft, wenn keine eindeutigen Beweise vorliegen, Urteile intuitiv gefällt. Häufig wird dabei gerne dem Mann die Schuld zugesprochen. Vor allem, wenn so eine Verhandlung von einer Richterin geführt wird, ist das nichts Neues. Dabei spielt es nicht einmal eine Rolle, was genau stattgefunden hat und selbst durch ein ärztliches Attest nicht belegt werden kann, wie schwerwiegend die Gewalteinwirkung letztendlich war. Aus meinem Gefühl heraus und einer Mischung aus zwei unterschiedlichen Darstellungen über die Sache stellte sich für mich dieser Vorfall etwa so dar: Ich glaube nicht, dass Clemens derart gewaltsam gegen Dana vorgegangen war, wie sie es mir gegenüber schilderte. Vielleicht ist die Situation einfach eskaliert, nachdem er sie mit einer Tatsache konfrontiert hatte, die sie in diesem Moment sehr gestresst und wütend machte. Möglicherweise kam seine Reaktion wie ein Reflex gegen sie, so als ob er sich Luft verschaffen wollte. In einem, wie er selbst beschrieben hatte, unkontrollierten Moment. Ich kenne das Gefühl einer solchen Stresssituation! Dabei glaube ich, dass es für sie nicht nur um die körperliche Verletzung ging, die er ihr in diesem Moment zugefügt hatte, sondern viel mehr um die seelische. Es muss für sie eine unglaubliche Demütigung gewesen sein. Natürlich hatte sie auch Angst, denn so eine „Kurzschlussreaktion" birgt auch zweifellos enorme Gefahren. Was sie auch immer zu ihrer Darstellungsweise veranlasst haben mag, es ist eine Körperverletzung, und demnach lag ihr nichts näher, als dass er dafür eine entsprechende Strafe bekommen sollte.

Dana hatte große Angst vor physischer Gewalt und es war auch an ihren Reaktionen erkennbar, dass ihr Exmann mehr als nur einmal so gehandelt haben musste. Beispielsweise wollte sie unbedingt meine DVD über Frauenselbstverteidigung ansehen, aber nach nur wenigen Minuten bat sie darum, den Film wieder zu stoppen. Außerdem drohte sie mir sofort mit Anzeige, sollte ich jemals gegen sie die Hand erheben.

Trotzdem nehme ich inzwischen, egal wer mir gerade gegenübersitzt, Erzählungen über ehemalige Partner generell kritisch zur Kenntnis. Nicht selten hörten sich Geschichten über „Verflossene" in meinen Ohren zunächst wie Schauermärchen an, jedoch relativierte sich dann mein Bild darüber, sobald ich die „Erzählerin" besser kennenlernte. So leichtgläubig bin ich nicht, dass ich nicht auch annehme, dass solche Erzählungen, emotional bedingt, eingefärbt sind. Leider gab es für mich inzwischen Anlässe genug, weshalb ich an Danas Glaubwürdigkeit zweifelte. Das Jugendamt kam Dana und ihren Sohn regelmäßig besuchen. Sie begründete das damit, dass Clemens dann nicht mehr so großen Einfluss auf ihr Leben nehmen könne und man ihr damit helfe, sich von ihm abzugrenzen. „Normalerweise darf er gar nicht in die Wohnung kommen, unten am Hauseingang ist Schluss", sagte sie dazu. Ihre Begründung kam mir absurd vor. Soweit ich es in Erinnerung hatte, berichtete mir Dana vom Gerichtstermin des Familiengerichts am 13. Januar, in dem es um die Wohnungsüberlassung ging, dass Clemens nicht mehr ohne Zustimmung ihre Wohnung betreten dürfe. Die Aufgabe des Jugendamtes besteht nicht darin, Konflikte, die zwischen den Elternteilen entstanden sind, zu lösen, sondern hauptsächlich darin, Kinder und Jugendliche vor Gefahren zu schützen. Ein Auge auf die Betätigung von deren Eltern haben sie also nur dann, wenn es um das Wohl der Kinder geht. Hier stimmte etwas nicht, und ich sah darin erstmal keinen eindeutigen Zusammenhang, außer, dass es im Bezug auf das Jugendamt meiner Vermutung nach hauptsächlich um ihr Verhalten ging.

Als ich sie am Abend auf die zurückliegende Verhandlung ansprach, fing sie in meinen Armen an zu weinen. „Es hat während der Zeit mit Clemens auch viel Gutes gegeben", bemerkte sie. Natürlich war sie einfach traurig, da sich nun für sie, bedingt durch ihre Trennung von ihm, vieles anders gestaltete.

Mitte Januar nahm ich meine Arbeit bei der Firma ION, einem Elektronikgroßhändler im Licht- und Tonbereich, auf. An zwei Tagen in der Woche sollte ich Produktfotos für den kommenden Katalog machen. Mittags entdeckte ich mehrere entgangene

Anrufe von Dana auf meinem Handy, was mich in Aufregung versetzte. Da ich am Vormittag an einem längeren Meeting teilgenommen hatte, war mein Telefon lautlos gestellt. Sie erzählte, dass sich Fabian versehentlich in meinem Schlafzimmer eingeschlossen hatte. Jedoch bewahrte Dana die Ruhe und Fabian schaffte es, den Schlüssel vom Boden aufzuheben und die Türe wieder aufzuschließen.

Als ich am Abend meine Wohnung betrat, kam er mir entgegen gelaufen. Ich hob ihn fast bis zur Decke hoch und lobte ihn für seinen Mut. „Du bist wirklich ein kleiner Held", sagte ich immer wieder. Er strahlte übers ganze Gesicht. Sie hob hervor, wie intelligent und aufmerksam er sei und dass sie besonders stolz auf ihn sei.

Immer wieder erkundigte ich mich bei Dana auch nach ihrem älteren Sohn. Sie zitierte Roman etwa so: "Mama sieht jetzt wieder gesund und ganz entspannt aus." Ihr ging es auch gut. Das bestätigte sie mir, als ich sie danach fragte. Ich empfand es als einen tollen Zug von ihr, dass sie mir gleich soviel Vertrauen schenkte und zusammen mit ihrem Kind jetzt regelmäßig zu mir in die Wohnung kam. Vielleicht war es für uns beide eine Chance zu einem Neuanfang. Die Karten würden neu gemischt werden und alles Ungute, was unsere Vergangenheit gewissermaßen geprägt hatte, würde für uns irgendwann unbedeutend werden.

SECHS

ILLUSION

„Es wäre doof, wenn schon jetzt etwas passieren würde", bemerkte Dana ziemlich am Anfang unserer Beziehung. „Und wenn doch, würdest du abtreiben lassen?", hakte ich nach. „Nein, bei dir würde ich nicht abtreiben lassen", antwortete sie.

Während ihrer fruchtbaren Tage hatten wir einmal nicht aufgepasst. Ausgerechnet in einer dieser Nächte hatte ich einen Traum, in dem ich in trotziger Weise eventuelle Familienpläne wieder über den Haufen werfen wollte, worauf sie mich besänftigte, dass wir beide noch etwas Zeit bräuchten. In einer anderen Szene sah ich, wie wir zusammen einen Berg hoch durch die Weinreben liefen.

Dana sprach von einer „gefühlten" Schwangerschaft, die sich durch ein Kribbeln im Unterleib bemerkbar mache und vermutete, dass es womöglich das Einnisten der Eizelle sei, ein Gefühl, das sie bereits kannte, als sich damals Roman angekündigt hatte. Auch wenn sie von sich behauptete, ein sehr sensibles Körpergefühl zu haben, blieb ich jedoch zunächst relativ entspannt und bewertete das als eine vage Vermutung ihrerseits.

Wollte sie mich verunsichern oder mich auf die Probe stellen und einfach meine Reaktion testen? Sie brachte da etwas ins Gespräch, woran ich eigentlich nicht mehr im Geringsten geglaubt hatte. All die Jahre schien ich weit weg zu sein von diesem stillen Wunschtraum, noch einmal Vater zu werden. So weit, dass ich nicht gewagt hätte, es auszusprechen. Ich dachte nicht einmal mehr daran. Gewissheit würden nun sowieso erstmal das Ausbleiben der Regel und der Test bringen. Abwarten, was in den nächsten Tagen passiert, dachte ich. Damit sie mir nichts vormachte, würde ich natürlich auch gerne darüber Gewissheit bekommen, was nun der Wahrheit entspricht. Wenn sich tatsächlich herausgestellt hätte, dass Dana von mir schwanger war, wären meine Gefühle unbeschreiblich gewesen. Ich hätte es als ein großes Geschenk angesehen und zudem liebte ich sie! Eigentlich wäre der Zeitpunkt dafür für uns viel zu früh gekommen, aber wenn die Chance nun da war, warum hätte ich sie auslassen sollen? Nichts lag mir näher, als dieses Glück mit ihr zu teilen, egal zu welchem Zeitpunkt, dachte ich.

Realistisch gesehen war mir im Bezug auf Nachwuchs das Zeitfenster dann doch nicht allzu gleichgültig: Mit etwa fünfzig Jahren würde ich mich endgültig von dieser Wunschvorstellung verabschieden. Man spricht in diesem Alter von einem kritischen Lebensabschnitt, der häufig von belastenden Ereignissen wie etwa dem Verlust der Eltern oder von ersten schwerwiegenden Krankheiten geprägt ist. Der Mensch zieht Bilanz über das bisher Erreichte oder das, was ihm alles entgangen sein könnte. Die Chancen zur Verwirklichung der bisherigen Lebensziele werden in Frage gestellt und neu definiert. Spätestens wenn der deutlich wahrzunehmende körperliche Alterungsprozess eintritt, überlegt man sich, ob Kraft und Energie tatsächlich noch ausreichen, um ein Kind mit der Hingabe, die es braucht, großzuziehen.

Aber wozu über ungelegte Eier nachdenken? Jetzt galt es für mich erst mal, keinen Fehler zu machen. Unabhängig davon, wie bedrückt und besorgt Dana nun auch sein mochte, auf keinen Fall wollte ich schon jetzt über eine eventuelle Abtreibung sprechen! Also versuchte ich ihr Mut zuzusprechen.

Wie ich vermutet hatte, schien sie tatsächlich sehr verunsichert zu sein, während ich bestrebt war, sie wieder aufzurichten: „Das kriegen wir miteinander hin, warten wir es einfach mal ab." Sie wollte zu diesem Zeitpunkt nicht wieder in eine derartige Situation der Abhängigkeit geraten. Wenige Tage später unterstrich ich, dass ich mir auf jeden Fall ein Kind mit ihr wünschen würde. „Ja sollen wir denn überhaupt warten?", fragte sie nach. Es kam dann von uns beiden die Absicht, die tatsächliche Planung eines gemeinsamen Kindes sofort in Angriff zu nehmen. In unserem Wahn taten wir es an den kommenden zwei Tagen auch ohne Schutz. „Ich will ein Kind mit dir haben", flüsterte sie mir immer wieder zu.

Um mich rückzuversichern, ob sie zu dem Gesagten auch in aufrichtiger Weise stehen würde, fragte ich Wochen später noch einmal nach: „Kannst du dich an an deinen Satz noch erinnern?" Sie bestätigte, dass sie diesen Wunsch zuvor noch nie gegenüber jemandem geäußert hätte. Ein Indiz dafür, dass sie sich mit diesem Thema aktiv auseinandersetzte, war vielleicht auch die Literatur, die sie sich hierzu geliehen hatte. In der Kinder- und Jugendbibliothek borgte sie sich ein Buch mit dem Titel „Wie ein Kind entsteht", welches sehr anschaulich mit vielen bunten Bildern illustriert war. Ja, es hatte durchaus den Anschein, als wollte sie tatsächlich mit mir die Zukunft planen, denn sie schaute sich sogar nach Kindergartenplätzen für Fabian in unmittelbarer Nähe zu meiner Wohnung um und füllte Platzvormerkungen aus.

Unsere Gedanken kreisten in diesen Tagen also fast ausschließlich um dieses Thema und sogar schon um einen geeigneten Namen. Während ich hierzu keinen Einfall hatte, nannte sie „Aurel" oder „Kilian" als Jungennamen, für Mädchen gefiel ihr der Name "Kira".

Meine Fantasie ging fast schon ins Unermessliche und ich stellte mir vor, wie ich neun Monate später im Kreisssaal neben ihr sitzen und fest ihre Hand drücken würde, während sie die Augen zusammenkniff, ihren Schmerz herausschrie und kräftig presste.

Während ich mir mal wieder ein paar schöne Gedanken dazu machte, kam Dana schon auf Unterhaltsfragen zu sprechen. „Auf jeden Fall... Und außerdem... Dieses Mal werde ich dafür sorgen, dass man mich nicht wieder wie damals im Regen stehen lässt." Ihr Tonfall gefiel mir in diesem Moment nicht sonderlich gut. „Wir werden jetzt aber nicht täglich diese Diskussionen führen müssen", sagte ich abschließend. Sie strich mir über den Arm und meinte: „Nein, es musste nur einmal angesprochen werden."

In einem Anzeigenblättchen wurde Dana auf einen Flohmarkt in der benachbarten Großstadt Ludwigshafen aufmerksam, den wir dann am Wochenende aufsuchten. Schließlich benötigte Fabian in diesem relativ kalten Winter noch ein paar warme Sachen zum Anziehen. Dort kaufte sie für ihn eine Wolljacke und einige Spielsachen.

Für den Nachmittag hatten sich meine Eltern zu Besuch angekündigt. Dana warnte mich, welche Fragen von meinen Eltern bei ihr nicht besonders gut ankommen würden. Zum Beispiel wollte sie nicht über ihre Familie befragt werden. Während wir uns auf dem Basar umschauten, flüchtete ich auf die Toilette und rief meine Mutter an, um sie daraufhin zu „eichen" , obwohl ich mir eigentlich ziemlich sicher war, dass sie aus Respekt keine allzu persönlichen Fragen stellen würde. Wir besorgten anschließend Kuchen bei einem Konditor und richteten zu Hause alles her. Es war ein angenehmes Zusammentreffen zwischen ihr und meinen Eltern. Vater schwelgte wie so oft in Erinnerungen und sprach unter anderem von der Möbelmesse in Köln. Sie empfand meine Eltern zwar nicht als unsympathisch, klang jedoch nicht sonderlich erbaut über sie: „Naja, deine Eltern waren ganz annehmbar."

Danach äußerte sie ihre Bedenken, den Bezug zu ihrer Wohnung zu verlieren. „Es kommt beim Jugendamt nicht besonders gut an, wenn wir uns jetzt ständig woanders aufhalten." Ich fügte hinzu, dass sie ihre Wohnung auch nicht aufgeben solle und wollte wissen, ob das nun auch heißen soll, dass sie sich wieder zurückziehen will. „Nein, sei doch nicht gleich eingeschnappt", entgegnete sie mir. „Wir sind vier Tage in der Woche bei dir und drei Tage bei mir." Sie betonte von Neuem, dass sie auch nicht mehr in ein Abhängigkeitsverhältnis geraten wolle. Meine Zweifel waren unbegründet, denn es hatte durchaus den Anschein, als hätte sie sich zusammen mit ihrem Sohn in meiner Wohnung gut eingelebt, so als ob dies ihr eigenes Zuhause wäre.

Oft lief der Fernseher, als ich von der Arbeit nach Hause kam. Abends schaltete Dana für Fabian dann das Kinderprogramm ein, wenn Zeichentrickfilmchen wie zum Beispiel "Jim Knopf" liefen oder um sieben Uhr das Sandmännchen kam. Es schien ihn zu langweilen: „Kika dumm", sagte er ab und zu. Wie bereits erwähnt, malte ich für ihn Autos und spürte, wie ich zunehmend Übung darin bekam. Meine Autos sahen meistens nach Sportwagenmodellen aus, die Modelle, die Dana manchmal zeichnete, glichen eher Oldtimern. Nach dem Vorlesen und Spielen mit Fabian dimmten wir das Halogenlicht fast ganz herunter und sie legte sich anschließend mit ihm auf meine rote Unterlage im Wohnzimmer, damit er schläfrig wurde, bevor sie dann sachte die Bettdecke um ihn wickelte und ihn in sein Kinderbettchen legte.

Fabian bekam zum Spielen mein altes Handy geschenkt, aber er bemerkte sofort, dass es nicht funktionsfähig war. Sie hatte ein Einsehen, dass er nicht nur mit Autos spielen konnte oder mit meinem kaputten Handy und kaufte ihm in einem Secondhand-Laden für Kinder Playmobil-Spielzeug, ein Wohnmobil im Maßstab 1:100 und einen Bauernhof aus LEGO. In der nahegelegenen Kinder- und Jugendbibliothek hatte sie auch viele Bücher für Fabian und sich selbst ausgeliehen. Bücher wie etwa über Tantra oder über die Anwendung von Heilpflanzen. Für Fabian nahm sie Kinderbücher wie etwa „Molle", „Klopf an" „Heute ist alles doof" und die „Raupe Nimmersatt" mit, damit er nicht nur „Die Spinne" vorgelesen bekam. In ihrer Zeit bei mir las sie interessiert auch Biografien aus der NS-Zeit, die ich in meinem Sideboard im Wohnzimmer verstaut hatte. Sie las „Bis zur letzten Stunde" von Traudel Junge, Hitlers Sekretärin, und „Der letzte Zeuge" von Rochus Misch, seinem Telefonisten, den Personen, die eine Zeit lang in der ständigen Umgebung dieses Diktators waren, dem es, wie kaum einem anderen, gelungen war, Tod und Vernichtung über dem Globus zu verbreiten. Wahrscheinlich interessierte sie es, wie dieser „Inbegriff des Bösen" auf seine unmittelbare Umgebung gewirkt haben musste. Sie schaute mit mir ab und zu auch einen Dokumentarfilm über die NS-Zeit an. Jedoch war es keine besonders gute Idee, ihr diese Bücher zum Lesen zu geben, denn sie schienen Dana derart zu fesseln, dass sie nachts manchmal sogar von Hitler träumte.

Ihre Erzählungen über ihren Exmann Clemens ließen zwischenzeitlich etwas nach, nachdem wir uns darauf geeinigt hatten, nicht mehr so häufig über Vergangenes zu reden. „Nein, das möchte ich nicht wissen", bremste sie mich ebenso, sobald ich anfing, über irgendeine Ehemalige zu sprechen.

Als wir zusammen einkauften, durften verschiedene Dinge nie fehlen: Milch der Marke „Landliebe" mit einem hohen Fettgehalt, schwarze Oliven, Chips, Cola, ihre Zartbitter-Schokolade und diverse Süßigkeiten für Fabian. Ansonsten dachten wir auch an gesunde Nahrung: Kartoffeln, Tomaten, Auberginen und Zwiebeln. Überhaupt legte sie Wert auf eine insgesamt gesunde, ausgewogene Ernährung und orientierte sich auch in der Medizin an pflanzlichen, homöopathischen Mitteln. Dana war entsetzt, als sie im Handschuhfach meines Wagens ein paar Tabletten von mir fand, die den Haarwuchs fördern sollten. Sie las den Beipackzettel dazu und war beunruhigt über die Nebenwirkungen und dass Frauen während der Schwangerschaft damit nicht in Berührung kommen sollten. „Chemiepampe", schimpfte sie und bat mich, das Zeug in Zukunft nicht mehr anzurühren. Sie hätte etwas viel Geeigneteres und empfahl mir Vitalkapseln. Später informierte ich mich zusammen mit Dana im Internet über den Anbieter der neben diesen Vitalkapseln noch weitere wirksame Mittel vertreibt.

Am 20. Januar wurde der mit vielen Vorschusslorbeeren bedachte neue US-Präsident Obama vereidigt. Schon am frühen Nachmittag schaute ich während der Arbeit in einer Fernsehübertragung den Beginn der Feierlichkeiten an. Etwas später verfolgte ich in meiner Wohnung zusammen mit Dana die Vereidigung des ersten farbigen US-Präsidenten. Eine neue Ära wurde eingeläutet und vor allem im Hinblick auf die Sozialreform ruhten auf dem Machtwechsel große Hoffnungen. Dana erzählte, dass George W. Bush nicht gerade mit Beifall verabschiedet wurde und wie sehr er bei der Bevölkerung über die Jahre, nicht zuletzt durch seine Kriegsführung, in Misskredit geraten war.

Da wir wegen Fabian, der damals erst zwei Jahre alt war, noch nicht sonderlich viel unternehmen konnten, schlug Dana vor, dass wir etwas regelmäßiger Sarah, das Kindermädchen, engagieren sollten, um uns durch eine Theaterveranstaltung oder einen Saunabesuch mal etwas Abwechslung zu gönnen. Das Theaterstück, das sie aussuchte, hieß "Babytalk - Vater werden ist nicht schwer" und wurde von einer Laienschauspielgruppe aufgeführt. Wahrscheinlich suchte sie sich das Stück deshalb aus, weil wir uns derzeit mit diesem Thema auseinandersetzten. Ich hingegen zog zunächst eher ein Stück von Kafka in Erwägung, „Der Prozess", das im selben Theater gespielt wurde. Jedoch empfand ich auch dieses als nicht geeignet für uns und kam vom Theaterbesuch ab, der mit knapp 50 Euro für uns beide (28 Euro für zwei Theaterkarten und 20 Euro Babysitter) teuer geworden wäre. Aber dann erklärte sie sich bereit, für das Kindermädchen aufzukommen.

Wir entschieden uns letztendlich für einen Kinobesuch im Alternativkino. Unsere Filmwahl fiel auf die französische Komödie „Willkommen bei den Schtis". Ich beeilte mich, um von der Arbeit rechtzeitig zu Hause zu sein, da sich Dana schon mit Sarah verabredet hatte. Wir holten das Kindermädchen an einem ausgemachten Ort in der Fußgängerzone ab. Sie sollte in meiner Wohnung auf Fabian aufpassen und Dana zeigte ihr, wie sie für ihn relativ einfach einen Kaiserschmarrn zubereiten konnte, der ihn schnell sattmachen würde. „Außerdem bekommt Fabian jetzt eine Pulvermilch, das ist notwendig, weil er während der letzten Tage eine Milchallergie hatte", fügte sie hinzu und erklärte uns beiden, was wir dabei beachten mussten.

Den Film empfand ich als langweilig und ich hielt mich währenddessen mit einer Cola wach. Irgendwie konnte ich über diese Art von Humor nicht richtig lachen. Auch Dana schien dieser Kinobesuch nicht wirklich gutgetan zu haben, denn wie bestellt, verspürte sie danach eine heftige Blasenentzündung. Sie wusste nicht, wie sich das auf den Zyklus auswirken würde, verzichtete deswegen auf diverse Schmerzmittel und schwor stattdessen auf Pflanzliches. Ich fragte sie, ob sie sich nicht von ihrem Exmann untersuchen lassen wolle. Sie herrschte mich an: „Sonst geht´s dir noch gut? Am besten sprich ihn auch noch auf die Schwangerschaft an!" Auch ich war etwas beunruhigt, da ich nicht wusste, wie ich ihr im Moment helfen konnte.

Die Katalogshootings für ION fielen meistens auf Donnerstag und Freitag. Ich war froh, dass ich noch diese zusätzliche Einnahmequelle hatte, denn ich verbrauchte in den vergangenen Tagen doch etwas mehr Geld als bisher. Über die Tagespauschale, die auf 330,- Euro festgelegt war, konnte ich nicht meckern, denn beim Velda-Verlag hatte ich nicht einmal ein Drittel davon. Weniger komfortabel empfand ich hingegen das Umfeld. Zwar waren die Kollegen sehr freundlich und auch hilfsbereit, aber im Gebäude von ION war es kalt und ungemütlich. Mir stand für die Fotoaufnahmen nur ein kleiner Raum von ungefähr 8 qm zur Verfügung, der eigentlich gerade mal für Table-Top-Aufnahmen ausreichte. Um mit diesem eklatanten Platzmangel zurechtzukommen, war dementsprechend viel Organisation und Ordnung gefragt. Außen im Flur stapelten sich die Produkte, die ich bereits fotografiert hatte, auf einem Rollwagen. In der vorderen Hälfte des Fotoraums, auf Höhe meines Stativs, befanden sich rechts von mir die zu fotografierenden Produkte, links lagen Unterlagen wie der Katalog vom letzten Jahr, die Fotoliste und eine eigens für mich erstellte Checkliste, was ich während der Aufnahmen zu beachten hatte. Nebenan befand sich die Werkstatt mit den Mitarbeitern, die unter anderem Licht-Spots und Lautsprecher instand setzten. Manchmal ließen bei diversen Tests heftige Technobeats die Räume erzittern.

Rainer Wulff, einer der beiden Geschäftsführer von Lightning-Design sowie auch von ION, zeigte mir in diesen Tagen den frisch gedruckten Katalog. Das Druckergebnis überzeugte mich nicht, im Gegenteil, ich war im Hinblick auf die Mühe, die wir uns beim Fotografieren und auch bei der Bildbearbeitung gemacht hatten, stocksauer. Der Katalog war verdruckt, die Farben waren teilweise im Vergleich zu den Andruckbögen, die wir freigegeben hatten, eklatant abweichend. Rainer aber schwärmte vom neuen Katalog und betonte, dass er allgemein super angekommen sei. Also insistierte ich nicht weiter, denn schlafende Hunde soll man nicht wecken.

Dana war sehr auf das Wohl und die Ausbildung ihrer Kinder bedacht, informierte sich nach allen Seiten und war immer kritisch und aufmerksam. So regte sie an, am Wochenende zum Tag der offenen Tür in der Maria-Montessori-Schule zu gehen. Die Erwachsenen legten dort sehr viel Wert auf die freie Entfaltung ihrer Kinder. Die Fähigkeiten des Einzelnen an dieser Schule werden gesucht, gefunden und gefördert. Die Unterrichtsmaterialien waren dementsprechend so ausgearbeitet, dass die Kinder durch konkretes Tun und Begreifen lernen konnten. Sie recherchierte zwar zuvor im Internet über diese Schule, wollte sich aber direkt vor Ort ein Bild machen und ließ sich auch nicht die Gelegenheit nehmen, mit dem einen oder anderen Pädagogen zu sprechen. Wir schauten uns die Räumlichkeiten an und verschafften uns einen Grobüberblick über die Lehrmethoden. Manche Klassenzimmer muteten wie Hobbyräume oder Spielecken an.

In der Turnhalle gab es Kaffee und Kuchen und wir setzen uns zu einem anderen Paar an den Tisch, das vorhatte, sein Kind dort anzumelden. Wir warfen einen Blick auf das Infomaterial, lasen die Anmeldemodalitäten bezüglich Beiträgen etc. durch und Dana nahm sich von der „MMS" auch einiges an Lektüre mit.

Während unseres Besuches bei der MMS machte Fabian einen kränklichen Eindruck, er war verdächtig ruhig und schlief gelegentlich ein. Er röchelte auch etwas. Wir machten uns auf den Heimweg und holten aus ihrer Wohnung die Globuli, die er von ihr verabreicht bekam. In meiner Küche befand sich eine Schale, in der wir unter anderem Medikamente aufbewahrten. Keine besonders gute Idee, denn der Kleine, der natürlich noch nicht verstand, was sie tatsächlich beinhaltete, hielt die Pillen für Süßigkeiten und wollte auch immer etwas davon abhaben.

Anders als die Jahre zuvor wurde auch ich dieses Mal nicht von einer Grippe verschont. Nach der Arbeit trainierte ich im Fitnesscenter nebenan und verspürte anschließend deutliche

Symptome. Ich hatte ziemliches Fieber und fühlte mich so mies, dass ich mich von der Arbeit für ein paar Tage befreite. Um meine baldige Genesung bemüht, verabreichte mir Dana unter anderem immer wieder Globuli, diese homöopathischen Heilmittel, die sie bei sich hatte und einen Extrakt aus Zwiebeln und Zucker, deren Wirkungsweise mit Antibiotika vergleichbar sei. Ebenso kochte sie Scharfes und Püriertes. Gerade in Momenten wie diesen blitzte ihre führsorgliche Seite durch, die ich mit großer Aufmerksamkeit zur Kenntnis nahm. Ich bedankte mich häufig, wenn sie zum Beispiel für mich gekocht hatte, denn es war für mich keine Selbstverständlichkeit und ich war es bisher ja auch nicht gewohnt. Im Gegenteil: Die Damen ließen sich eher von mir zum Essen einladen. Sie wunderte sich über meine übertriebene Anerkennung und fand mein Verhalten eigenartig. In der Vergangenheit war ich fast immer auf mich allein gestellt und wenn ich einmal „in den Seilen hing", hatte ich oft den Eindruck, dass es so gut wie niemanden interessierte.

Während meiner Krankheitstage hatte Dana ihren Termin beim Frauenarzt, den wir beide mit Spannung erwarteten. Der Arzt berichtete ihr nach der Untersuchung, dass wahrscheinlich eine Befruchtung stattgefunden habe, diese aber durch das Hormon noch nicht in Erscheinung getreten sei! Der Moment einer endgültigen Gewissheit war also erneut vertagt, denn auf eine Aussage wie diese konnte ich nichts geben.

Da meine Entlohnung, wie erwähnt, bei ION-Lightning wesentlich stattlicher ausfiel als bei meinem anderen Hauptkunden, hatte ich mich aufgerafft und ging einen Tag vor dem Wochenende wieder arbeiten, obwohl klar war, dass es mir noch längst nicht gut ging. Vor allem dachte ich an die 330,- Euro, die mir dann fehlen würden und außerdem hatte ich das

Wochenende zur restlichen Genesung. Dana versorgte mich mit ihren Globuli, die ich über den Tag verteilt nehmen sollte. Am Abend jedoch war ich ziemlich erschöpft und reizbar, was sich insbesondere darin zeigte, dass ich auf ein paar ihrer Frotzeleien ziemlich sauer reagierte, was für mich sonst eigentlich untypisch war. Als Fabian bereits im Bett lag, verhielt sie sich etwas abweisend, als ich mich ihr nähern wollte. „Was bin ich eigentlich noch für dich?", wollte ich wissen. „Timm, stelle mir die Frage ein andermal, aber nicht jetzt", gab sie genervt zur Antwort. Ein paar weitere moralisierende, überflüssige Bemerkungen meinerseits führten dann zu einer etwas unguten Atmosphäre. Nun hatte ich das erreicht, was ich eigentlich vermeiden wollte. Ich zeigte Launen, obgleich sie mir dazu kaum einen Anlass gegeben hatte. Im Gegenteil, sie hatte sich die Zeit über gut im Griff, was für sie unter den gegebenen Umständen bestimmt nicht gerade einfach war.

Nachdem ich eine Nacht darüber geschlafen hatte, war mir mein „Blues" vom Vorabend peinlich und ich fühlte mich deswegen schlecht. „Ist gut", erwiderte sie, nachdem ich versucht hatte, mich bei ihr dafür zu entschuldigen. Ich trat erneut ins Fettnäpfchen, als ich sie, aus einem für mich selbst unerklärlichen Grund, darum bat, mir meinen Wohnungsschlüssel zurückzugeben. Es sei erwähnt, dass sie regelmäßig meinen Wohnungsschlüssel hatte, während ich bei der Arbeit war, um so etwas flexibler zu sein. „Was soll das denn nun?", fragte sie höchst irritiert und schimpfte: „Alle vier Wochen bekommst du deine Marotten, ähnlich wie an Silvester." Sie machte sich mit Fabian auf den Weg, um Zäpfchen gegen seinen Husten zu holen. Unter vielen hatte sie eine Apotheke ausfindig gemacht, die diese Zäpfchen mit einer pflanzlichen

Substanz vorrätig hatte. „Kommst du denn wieder?", fragte ich nach. „Weiß ich noch nicht", erwiderte sie störrisch. Nachdem sie, entgegen meinen Erwartungen, doch zu mir zurückkehrte, hatten sich die Gemüter beruhigt und wir fanden wieder einen angenehmeren Umgangston miteinander.

Als wir nachmittags auf dem Ledersofa in meinem Wohnzimmer saßen und uns unterhielten, überfiel mich auf einmal ein Gefühl der Melancholie und ich weinte etwas. Ich weiß nicht, weshalb ich mir einbildete, dass die bisher sehr intensive Verbindung mit Dana auch ebenso leicht wieder in die Brüche gehen konnte und fürchtete mich wieder so sehr vor dieser Leere, die sich in den Jahren zuvor in mir ausgebreitet hatte. Es würde mich verrückt machen, wenn Dana auf einmal wieder weg wäre. Dieses ungute Gefühl, das mich auch in den vergangenen Tagen in meinen Träumen verfolgte, wollte ich jedoch vor ihr nicht kundtun.

Zwei Wochen nach dem Tag der offenen Tür der Maria-Montessori-Schule folgte der vom dazugehörigen Kindergarten. „Also schauen wir uns das auch an", schlug sie vor. Es wurde uns ein Diavortrag über den Alltag des Kindergartens gezeigt. „Ein seltsamer verschrobener Haufen", bemerkte ich, nachdem wir wieder gegangen waren. Dana stimmte mir zu. Die Kinder dort waren merkwürdig ruhig, saßen still im Kollektiv am Tisch und verspeisten solidarisch ihr Vesperbrot. In dieser seltsamen Harmonie und Stille hatte Fabian angefangen zu brüllen, während die Eltern anderer Kinder empörte Blicke auf uns richteten. Anschließend machten wir uns auf den Weg zu unserem Stammcafé und nahmen, wie beim vorigen Mal, auf der gleichen grünen Ledercouch unseren Platz ein. Ich bestellte zweimal den italienischen Kakao im Kännchen, den sie so gerne mochte.

Kommt die Regel oder bleibt sie aus? Der Stichtag hierfür stand unmittelbar bevor. In ständiger Erwartung des Ergebnisses war Dana an diesem Morgen sehr unruhig und aufgewühlt. Es war ihr anzusehen, wie sehr diese Ungewissheit an ihren Nerven zehrte, als sie Fabian die Zäpfchen gegen seinen Husten verabreichen wollte und ihr diese auf der Hand verliefen. Auf einmal wurde es laut in der Wohnung, die Kühlschranktür knallte. In einem bestimmenden Tonfall fragte ich nach: „Was ist hier eigentlich los?" „Lass mich bloß in Ruhe jetzt" fauchte sie.

Ich brachte Mutter und Kind wieder in ihre Wohnung zurück, da sich zunächst der Beauftragte vom Jugendamt und später ihr älterer Sohn bei ihr angekündigt hatten. Als ich sie am Abend abholen wollte, zog sie es vor, mit Fabian zu Fuß durch die Dunkelheit und Kälte zu meiner Wohnung zu gelangen, was mir nicht so recht gefiel, weil ich das mit einem Kleinkind in diesem Alter für zu gefährlich hielt. Sie waren einfach schutzlos. Dana berichtete mir von Roman, den sie über den Nachmittag bei sich hatte. An einem Tag in der Woche tauschten sie die Kinder, so hatte sie mit ihrem Exmann eine Regelung getroffen. Sie erzählte, dass er im Rechnen, insbesondere bei Textaufgaben, etwas unkonzentriert war und sie bei der Hausaufgabenbetreuung immer mal wieder die Geduld verlor.

Danas abweisende Haltung mir gegenüber aufgrund ihrer Sorgen und Ängste tat mir nicht gut. Als sie sich mit Fabian in mein Bett legte, damit er schläfrig wurde, sprach ich sie auf ihr Verhalten am Morgen an. Ich kam unglücklicherweise gerade in dem Moment, als Fabian am Einschlafen war und sie wies mich ab. Bis Fabian schlief, verzog ich mich verärgert in mein Arbeitszimmer, ehe ich nochmals auf das Thema zurückkam: „Warum warst du denn am Morgen so ungehalten?" „Was hast denn du?", fragte sie gereizt. „Wenn du jetzt weiterhin so spinnst, lassen wir das Ganze..." gab sie mir zur Antwort. „Du musst dich mal selbst reflektieren, wie du wirkst. Gehörst du auch zu denen, die einen nachts wecken und anfangen zu diskutieren? Das glaub´ ich nämlich bei dir", warf sie mir an den Kopf. Als wir uns wieder etwas beruhigt hatten, erklärte sie, dass es ihr manchmal zuviel wäre und sie dann eben für sich sein möchte. „In einer Beziehung ist nämlich längst nicht alles gut und manchmal gibt es auch Momente, in denen man am liebsten die Tür hinter sich zuziehen will", fügte sie hinzu. Es war für mich zweifellos erkennbar, wie sehr sie mit sich selbst beschäftigt gewesen war. Aber auch in mir rumorte es. Wenn wir es nun schwarz auf weiß bekämen, dass Dana doch von mir schwanger wäre, was würde sie tun? Würde sie abtreiben lassen, wie sie es vor Jahren schon einmal getan hatte? Es hätte mir sehr weh getan! Mit Sicherheit hätte unsere Beziehung dann einen tiefen Riss bekommen oder wäre damit sogar ganz beendet gewesen. Im Hinblick auf ihr gegenwärtiges Verhalten mir gegenüber dachte ich andererseits: Ein Kind mit dieser Frau? Autsch!

Ähnlich muss sie über mich gedacht haben, denn sie sprach davon, „sich bei mir wie in einem Gefängnis zu fühlen", nachdem ich sie zum ersten Mal zurechtgewiesen hatte. „Vielleicht zeigst Du ja nach einem halben Jahr Dein wahres Gesicht?", meinte sie. Im Übrigen war ich aber darum bemüht, mein eigenes Ego hintenanzustellen und ihre Launen nicht zu sehr an mich herankommen zu lassen.

Nachdem sie mir berichtete, dass die Regel kurz vor dem Stichtag nun doch eingetreten sei, wich in mir die Angst. Sie habe heftige Blutungen gehabt, fast so schlimm wie bei einer Abtreibung, berichtete sie mir. Nun war also der Druck weg und wir hatten alle Zeit der Welt, um uns aneinander zu gewöhnen, und uns später, wenn es zwischen uns beiden weiterhin gut lief, zu dem Schritt zu entscheiden, dachte ich. Dennoch wollte in ihr auch danach die Anspannung nicht weichen. Sie war unter anderem gereizt, weil sie einen unangenehmen Termin bei der Agentur für Arbeit hinter sich hatte. Meldepflicht, möglicherweise arbeiten, wenn Fabian in den Kindergarten geht, die Arbeit würde ihr zugeteilt werden. Ausgiebig schimpfte sie daraufhin über den Arbeitsberater.

Ihr Verhalten nahm in meinen Augen nun immer seltsamere Züge an. Sie wirkte apathisch und dementsprechend kommunizierte sie mit mir auf einmal in diesem Stil: Sie antwortete entweder mit „m-m", was soviel wie „nein" bedeutete, oder mit „m-h, m-h, m-h", was ein „ja" ergab, wenn ich sie etwas fragte. Das machte mich fast wahnsinnig, ich ließ mich jedoch bewusst nicht darauf ein, und um mich abzulenken, las ich ihrem Sohn aus den Kinderbüchern vor. Vor dem Einschlafen unterhielten wir uns noch: „Was wäre denn eigentlich, wenn ich auf einmal weg wäre?", fragte ich sie. „Ich glaube zwar nicht, dass mich das aus der Bahn werfen würde, ich weiß aber, dass mir das dann weh täte", gab sie zur Antwort.

Für das kommende Wochenende wurde sie von ihrem Exmann in die Pflicht genommen, zusätzlich auf ihren älteren Sohn aufzupassen, was bedeutete, dass ich mich solange ausklinken musste. Dass ich nun ein oder zwei Tage wieder für mich hatte, war eine willkommene Abwechslung, obgleich mir die letzten Wochen auch die Erkenntnis gebracht hatten, dass das Alleinsein keine Dauerlösung für mich sein konnte. Nun blieb mir etwas Zeit, Luft reinzulassen, bis ich mich wieder auf sie und ihr Kind freuen konnte. Ihre Stimmung schien sich wieder aufgehellt zu haben, denn sie war auf einmal wieder freundlich und zugänglich. Wir spielten nach dem Essen beide mit Fabian auf dem Wohnzimmerteppich.

Mit ihm sprach sie seinem Alter entsprechend in einer lieblichen Kindersprache. Sie hob den Zeigefinger und sagte „Di-di-di", wenn er irgendetwas tat, was ihr nicht gefiel oder „du kleines Terroristenkind", wenn er nervte. Wenn es für ihn an der Zeit war, ins Bett zu gehen, pustete sie ihm durch sein hellblondes, noch sehr dünnes Haar und flüsterte ihm zu: „Jetzt musst du aber schlafen, Spatzilein." Oder zum Beispiel, wenn er in die Windel gemacht hatte, fragte sie ihn: „Hast du Kacka in der Hose?" Er hielt dagegen: „hm-m, hm-m", und schüttelte den Kopf. Sie nahm eine neue Pampers und legte eine Unterlage auf den Boden: „Komm her, du Stinkbömble."

Er schien mit der Zeit immer mehr Sehnsucht nach seinem Vater zu verspüren und war auch etwas abgemagert. Häufig stibitzte er meine Uhr oder eines meiner Handys. Oder er nahm sich mein Telefon im Arbeitszimmer und wisperte immer wieder „Papa?"… „Papa?" in den Telefonhörer. Als ich Dana und Fabian auf ihren Wunsch hin wieder zu ihrer Wohnung bringen sollte, mochte der Kleine mein Telefon nicht mehr hergeben und brüllte sogar noch, nachdem wir das Haus verlassen hatten und schon im Auto saßen.

Kurz darauf, nachdem Dana aus der Wohnung war, meldete sich Joanna aus Koblenz bei mir. Sie wartete immer noch sehnsüchtig auf die Bilder, die ich im Rahmen einer Familienfeier geschossen hatte und schlug auch ein Treffen vor. Joanna, die polnischer Herkunft ist, kannte ich schon seit meiner Schulzeit. Hin und wieder war sie im Rahmen ihrer Projektarbeiten in Südafrika unterwegs und engagierte sich für die Straßenkinder dort. Ich versprach ihr, sie noch an einem der verbleibenden Wochenenden im Februar zu besuchen. Auch unsere Eltern kannten einander, sie verband eine langjährige Freundschaft. Ihr Vorhaben aber, uns beide als Paar zusammenzubringen, blieb für sie nur ein Wunschtraum, denn weder Joanna noch ich waren in irgendeiner Weise dazu bereit gewesen. Ich fühlte mich einfach nicht zu ihr hingezogen, sie war eine Freundin auf kameradschaftlicher Basis, mehr nicht.

SIEBEN

DIE MASKE FÄLLT

Nachdem Dana zusammen mit Fabian, wie bereits erwähnt, fast einen Monat lang größtenteils in meiner Wohnung zugebracht hatte, verbrachten wir nun erstmals ein paar Tage getrennt voneinander. Hin und wieder musste sie ihren älteren Sohn Roman bei sich aufnehmen, wenn ihr Exmann nachts auf Dienstfahrten war. So auch am ersten Wochenende im Februar. Dabei ließ sie wichtige Dinge wie ihre Ordner, ihren Laptop und ihre Software-Pakete für die Steuer in meiner Wohnung zurück. Jedoch verschwendete ich zunächst keinen Gedanken daran, eventuell einen Blick in diese Ordner zu werfen. Neben der Tatsache, dass es mich auch nicht interessierte, empfand ich eine solche Aktion eigentlich als dreist und respektlos, denn umgekehrt vermutete ich nicht, dass sie während meiner Abwesenheit in meinen Dingen gewühlt haben könnte.

Es bot sich nun die Gelegenheit, wie seit Längerem geplant, mich mit einer langjährigen Freundin, Lydia, auf eine Pizza beim Italiener zu verabreden, den wir immer wieder in der Vergangenheit aufgesucht hatten. Sie erzählte mir von einem Mann, den sie über ein Kontaktforum im Internet kennengelernt hatte und an dem sie kein gutes Haar lassen wollte. In Bezug auf ihre Kids vermutete sie unter anderem seinerseits sogar pädophile Neigungen. Ich wunderte mich überhaupt, dass sie in Anbetracht ihrer Darstellungen über ihn so lange durchgehalten hatte. Natürlich kam ich auch auf Dana zu sprechen, und das nicht zu knapp. Ich berichtete Lydia von ihrem schwierigen Verhältnis zu ihrem Exmann, dem Arzt, dass ihm für das ältere Kind die Obhut zugesprochen wurde und auch, dass das Jugendamt involviert war. Ebenso erwähnte ich Danas Wunschvorstellung über ein drittes Kind, was mich sensibilisiert hatte, da ich für mich die Nachwuchsplanung noch nicht ganz abgeschlossen hatte. Wir rätselten darüber, weshalb hier das Jugendamt seine Finger im Spiel haben könnte, denn schließlich wusste ich bis dahin noch immer nicht genau, wo das Problem eigentlich lag. Auch gab Clemens Brief an den Richter, den mir Dana einige Tage zuvor gezeigt hatte, nicht wirklich Aufschluss darüber. In Lydias Ohren schrillten auf einmal sämtliche Alarmglocken und sie empfahl mir, mich doch mal ganz dezent mit dem Exmann in Verbindung zu setzen. Der erste Anstoß zu dieser Handlung kam also von ihr.

Da mich diese Unterhaltung verstärkt zum Nachdenken angeregt hatte, packte mich die Neugier und so konnte ich es mir nicht verkneifen, nun doch in Danas Ordner zu schauen. Während ich mir sogar ihre Kontoauszüge ansah, fiel mir auf, dass sie sich in kurzer Zeit erheblich verschuldet hatte. Sie hatte mir bereits erzählt, dass sie diverse Schulden drückten. Immer wieder wurden, genau in der Zeit, nachdem sich der Split mit ihrem Exmann ereignete und vor dem Kontakt mit mir, permanent Beträge von einem Unternehmen namens Questico in unterschiedlicher Höhe abgebucht. Ich fackelte nicht lange und suchte diese Firma im Internet. Es trieb mir die Zornesröte ins Gesicht, als ich auf dieser Website Sätze wie beispielsweise „Wann treffe ich die große Liebe?" oder „Beratung mit den Tarotkarten" fand. Kartenleser, Hellseher,

Astrologen, Tausende bieten ihre Dienste an, blicken angeblich in die Zukunft. Für fast jedes Problem wie etwa die Arbeitslosigkeit, Mobbing am Arbeitsplatz oder gescheiterte Beziehungen versprechen sie einen Lösungsvorschlag. Solariumgebräunte „Propheten" legen die Karten, schließen kurz die Augen und speisen ihre Klienten mit Antworten ab, die vielmehr blühenden Phantasien als angeblich übersinnlichen Fähigkeiten entspringen. Selbstverständlich können sie bei 2 Euro pro Minute, die das Unternehmen während des Telefonates verbucht, auch keine schlechten Nachrichten und Prognosen verbreiten. Manche Menschen, die sich in einer Lebenskrise befinden, werden leider geradezu süchtig nach Rat und Hilfe aus der Ferne. Die Firma Questico betreibt das größte deutsche Internetangebot für Lebensberatung. Das Internet bietet uns eine gigantische Informationsfülle, doch leider befinden wir uns oft weitgehend in einem rechtsfreien Raum. Dadurch ist es eigentlich unmöglich, solchen Betrügern das Handwerk zu legen. Was mich entsetzt hatte, war die Erkenntnis, dass Dana zu dieser Zeit offensichtlich sehr verzweifelt war, dabei war für mich auch klar, dass sie auf der Suche nach Hilfe war, nach einem Halt.

Ich freute mich darauf, Dana wiederzusehen und rief sie am Sonntag, wie ausgemacht, gegen zehn Uhr morgens an. Sie meldete sich mit kränkelnder Stimme und berichtete mir, dass sie sich am Abend zuvor heftig den Magen verdorben habe und sich mehrmals übergeben musste. Ich teilte ihr mit, dass ich sie erst gegen vierzehn Uhr besuchen kommen würde, da ich noch mit einem Freund unweit ihrer Wohnung, in einem Lokal in der Nähe des Wasserturms, zum Brunchen verabredet war.

Es musste sie irritiert haben: „Warum sagt er diese Verabredung nicht ab und kommt stattdessen unverzüglich zu mir, wenn es mir nicht gut geht? So ein Verhalten ist doch untypisch für jemanden, der sich eigentlich eine Familie wünscht." Damit hatte sie nicht ganz unrecht und so lud sie mich etwa zehn Minuten später wieder aus. „Es sei ihr zu viel, Fabian bringe sie jetzt zu Clemens." Trotzdem war ich etwas traurig darüber, dass sie mich wieder „abbestellte". Das kannte ich von ihr bislang nicht.

Am Abend und am Folgetag versuchte ich, sie auf dem Handy und dem Festnetz zu erreichen, aber sie ging nicht ran. Also erkundigte ich mich per SMS, wie es ihr ging, worauf sie mir auf die Mailbox sprach. Ich sollte ihr die Schatulle mit den Globuli sowie einige andere Dinge bringen und unten am Hauseingang warten. Ich wusste nicht so recht, was das zu bedeuten hatte. Ging es ihr wirklich nur darum, auf Roman Rücksicht zu nehmen? Die Verbindung zueinander hätte in dieser Phase ganz leicht abreißen können, wenn ich nicht wie bisher stets darum bemüht gewesen wäre, so manches, was mich beschäftigt hatte, nach außen hin weitgehend von mir abprallen zu lassen. Auch war ich mir nicht sicher, ob sie denn überhaupt wieder kommen würde. Diese Vorstellung machte mich fast wahnsinnig. Meine Welt würde zerbrechen.

Dana empfing mich dann, wie ausgemacht, unten am Hauseingang, weil Roman zu Besuch war. Sie war betrunken und schien mir zudem sehr traurig und verzweifelt zu sein. Ich konnte mir aber zunächst kein Bild davon machen, was sie genau bedrückte, denn sie hatte sich nicht eindeutig dazu geäußert: „Am liebsten würde ich abhauen. Ich ertrage das alles einfach nicht mehr!" Wie einen Kollegen verabschiedete ich sie per Handschlag. „Du brauchst mir jetzt nicht einfach so förmlich deine Hand zu geben wie bei deiner Mutter", meinte sie und umarmte mich zum Schluss.

Später, um halb elf, telefonierten Dana und ich noch miteinander. Erneut hörte sie sich seltsam an, so als ob sie schon wieder getrunken hätte. Sie erzählte mir von Frau Lindemann, einer Bekannten, die sie im Sommer davor, als sie übergangsweise in einem Kurort gewohnt hatte, kennengelernt hatte. Sie beschäftigt sich mit der Entwicklung der Steinheilkunde als Heildisziplin. Dana besaß eine Halskette von ihr, die mit unbehandelten Edelsteinen bestückt war. Auf Empfehlung der Heilpraktikerin wurden diese Steine bei Krankheiten, die im Zusammenspiel von Körper, Geist und Seele entstanden waren, eingesetzt. Zusätzlich verwendete die Heilpraktikerin ein Pendel und nahm dabei Dana in ihre Gedanken auf, wobei sie nur dann Hilfe empfangen konnte, sofern dieses Schwingungen erzeugte. Immer wenn es ihr schlecht ging, setzte sie sich mit dieser Dame in Verbindung und trug die Kette auf der Haut, in der Hoffnung, von ihr Impulse zu empfangen, die ihr Linderung verschaffen würden. Zwischen Dana und ihrem Exmann würden unüberwindbare Barrieren bestehen, der Kontakt zu mir hingegen gestalte sich jedoch als interessant, berichtete sie vom letzten Telefonat mit ihr.

Ich war schockiert, als ich Dana etwa zwei Tage später am Abend besuchte. Äußerlich war sie verwahrlost, etwas neben sich stehend, gelb im Gesicht, krank! Sie trug nur eine dunkle lange Strickjacke. Auch die Wohnung war etwas durcheinander und verunreinigt. Fabian war wieder bei ihr. Ihr Anblick machte mich traurig, innerlich und äußerlich war sie für mich nicht mehr wiederzuerkennen. Krampfhaft war ich um Fassung bemüht. Während ich Fabian die Hose wechselte, erklang melancholische Musik aus ihrer Stereoanlage, was ich in diesem Moment nicht ertrug. Ich verlor die Beherrschung und flüchtete ins Bad. Während ich die Hände vors Gesicht hielt und mit den Tränen kämpfte, spürte ich auf einmal, wie sie mich fest an sich drückte. Es half nichts, denn nun brach erst recht ein Weinkrampf aus mir heraus. Minuten vergingen, während sie mich tröstete. Fabian trat in unsere Mitte, er fuchtelte und lamentierte, vielleicht dachte er, dass man ihn vergessen hatte. Nachdem ich mich wieder beruhigt hatte, sprach ich offen darüber, dass mich ihre schlimme Verfassung bedrückte und mir große Sorgen bereitete. Dana jedoch, ging nicht darauf ein.

Danas Zustand am darauffolgenden Tag war unverändert, was wohl auch der Grund war, weshalb Fabian vorerst bei seinem Vater übernachtete. Damit sie wieder einen Tapetenwechsel bekam und in der Hoffnung, dass sie sich vielleicht zumindest vorübergehend wieder stabilisieren würde, überließ ich ihr am Morgen meinen Wohnungsschlüssel, so dass sie sich in meiner Wohnung etwas auszuruhen konnte. Als ich am Abend meine Wohnung betrat, lag Dana flach auf dem Wohnzimmerteppich. Im Radio lief gerade *Viva La Vida* von Coldplay - ein Ohrwurm! Ich mag diesen Song, die Melodie vermittelt für mich etwas Fröhliches und irgendwie Unbeschwertes.

Im Kontrast dazu, erzählte sie mir in ihrer bedrückten Stimmung erneut von der Problematik mit Clemens, die sie fast in den Selbstmord treibe. Allein schon seine Anwesenheit genüge ihr, er brauche gar nicht mal etwas zu sagen. Ich ließ mich von ihrer Stimmung anstecken und verdrückte wieder ein paar Tränen. Ich bräuchte wegen ihr nicht mehr so traurig zu sein, meinte sie. „Wenn Fabian im Spätjahr in den Kindergarten kommt, kannst du noch nicht arbeiten gehen, du musst dich zuvor noch etwas stabilisieren", gab ich zu bedenken. „Bis dahin wird sich unser Kind ankündigen. Ich weiß, dass es bereitsteht und zu uns will", erwiderte sie. Wenn das doch alles nur so einfach wäre, dachte ich daraufhin. Es hörte sich für mich so schön an wie in einem Märchen. Gerne wollte ich diese Gedanken wieder aufnehmen. Vielleicht helfen Märchen auch, um sich von der Realität für ein paar Momente zurückzuziehen, loszulassen und in eine bunte, blumige Fantasiewelt einzutauchen.

Was war während der letzten Tage geschehen, fragte ich mich zunächst. Während der Tage im Januar, die Dana mit ihrem Sohn Fabian in meiner Wohnung verbracht hatte, war ich sehr um ihr Wohl bemüht und eigentlich hatte sie es auch gut. Warum sie in den darauffolgenden Tagen, als sie zwischenzeitlich wieder in ihrer eigenen Wohnung war, einen derartigen Einbruch hatte, konnte ich deshalb nicht nachvollziehen. Zudem hatte ich diese Seite an ihr bis dahin noch nicht gekannt. Mir war durchaus bewusst, dass sie einiges belastete, worum es aber tatsächlich ging, darüber konnte ich nur spekulieren. Ich hatte den Eindruck, dass sie nun wieder auf den Boden der Tatsachen zurückgekehrt war.

In den ersten Wochen war diese Anfangseuphorie, als wir Schmetterlinge im Bauch hatten und frei von allen Zweifeln waren. Allerdings reichten nur eine oder zwei harmlose Reibereien aus und ihre Zuversicht, mit mir eine gute Beziehung führen zu können, schien auf einmal erheblich getrübt zu sein. Vielleicht befürchtete sie, dass ich für sie ebenso kein richtiger Rückhalt sein konnte und bemerkte, dass vonseiten ihres Exmannes nun ein anderer Wind wehte? Ihrer Beschreibung nach hatte Clemens trotz all den Schwierigkeiten stets für die Aufrechterhaltung ihres Lebensstandards gesorgt. War es der Druck von der Agentur für Arbeit, sich bald eine Tätigkeit suchen zu müssen oder zugewiesen zu bekommen? Die Schulden, die sie seit Herbst des Jahres zuvor auf einmal drückten? Es entwickelte sich eine Situation, die für Dana völlig neu war, denn es hatte nun den Anschein, als würde Clemens in letzter Instanz nicht mehr für sie geradestehen.

Dana war es die ganze Zeit über gelungen, ihren Hang zum Alkohol vor mir wie ein Geheimnis zu verbergen, nun aber fiel die Maske. Schon öfter hatte ich bemerkt, dass sie etwas nach Alkohol roch, konnte aber nicht einschätzen, wann oder wie viel sie getrunken hatte und es gab auch keinen Grund zur Besorgnis. Spätestens seit ihren Erzählungen vom Neujahrstag, als sie über „Promilletee" beziehungsweise „Kamillentee" gescherzt hatte, erhärtete sich aber mein Verdacht und ich erkannte ein gewisses Verhaltensmuster immer wieder. Mal war sie extrem gereizt, oder sie wirkte müde und abgeschlagen. Seit ungefähr einer Woche aber war sie in einer permanent schlechten Verfassung, worüber unter anderem auch die Gelbverfärbung in ihrem Gesicht Aufschluss gab. Meine dunkelsten Ahnungen bewahrheiteten sich: Dana war alkoholabhängig. Doch wagte ich nicht, das Thema mit ihr anzusprechen, denn ich befürchtete, sie würde dann auf einmal weg sein oder hätte sich langsam von mir zurückgezogen.

ABSCHIED AUF RATEN

In der Woche, als Dana wieder regelmäßiger mit Fabian in meine Wohnung kam, dachte ich, bei ihr kehre wieder die Unbeschwertheit zurück, die sie im Januar über weite Strecken zeigte. Es war ein Gefühl, das vor wenigen Wochen noch da war. Ich konnte nicht ahnen, dass es nur ein kurzes Intermezzo war, es glich eher einem Abschied auf Raten, denn es waren die letzten Male, dass Fabian dabei war.

Das kalte, trübe Wetter an diesem Sonntag legte sich auf unsere Stimmung, so als ob wir von einer allgemeinen Antriebslosigkeit befallen wären. Die meiste Zeit lungerten wir in der Wohnung herum und ich regte schließlich an, wenigstens für ein Stündchen einen Spaziergang, vielleicht zum Wasserturm, zu unternehmen. Die Wohnung war warm, eigentlich sogar überhitzt, ganz im Gegensatz zu den Außentemperaturen, die um Einiges unter dem Gefrierpunkt lagen. Als wir von unserem Abstecher an die frische Luft wieder in der Wohnung angelangt waren, fühlte ich mich auf einmal schlapp und legte mich flach auf den Wohnzimmerteppich. Nachdem wir gekocht und zu Abend gegessen hatten, wurde ich zunehmend matter und bekam hohes Fieber. Es erwischte mich innerhalb von nur vierzehn Tagen zum zweiten Mal.

Dana legte sich zu mir und schaute mich mit sorgenvoller Miene an. Ich war genervt, schon wieder hatte mich eine Grippe „hingehauen". Sie aber sah das ganz relaxed und meinte: „Ist halt ein Rückfall." Den Wochenstart verbrachte sie in ihrer Wohnung, da sie immer wieder auf Roman aufpassen musste, der auch über Nacht bei ihr verweilte. Tagsüber besuchte sie mich dann zusammen mit Fabian. Ich blieb fast die ganze Woche zu Hause, um mich auszukurieren.

Eines Morgens rief Clemens sie auf ihrem Handy an, während sie sich gerade in meiner Wohnung aufhielt. Ich hörte ihn sogar sprechen. Er wollte von ihr wissen, wo sie sich gerade befand. „In der Stadt unterwegs", antwortete sie. „Morgens um halb neun?", fragte er nach. Er klang relativ erbost und redete ohne Unterbrechung. Das einzige, was ich noch vernahm, war die Tatsache, dass ständig der Name Roman fiel. Sie sagte nichts weiter und verabschiedete sich einfach nur mit den Worten: „Tschüss Clemens". Anschließend erzählte sie mir, dass er ihr so viel ermögliche, also „Tür und Tor öffne", und sie danke ihm das nur mit ihrer Eiseskälte. Ich glaubte, dass sie nicht ganz die Wahrheit sagte und nahm eher an, dass er wollte, dass sie sich künftig mehr um Roman kümmern und ihm mehr Aufmerksamkeit schenken sollte. Es war vorgesehen, dass er an einem dieser Tage seinen Geburtstag nachfeierte, der bereits einen Tag vor Heiligabend war, denkbar ungünstig für eine Kinder-Geburtstagsfeier.

Eigentlich war es die letzten Tage nicht zu übersehen, wie sehr sie die Konfliktsituation mit ihrem Exmann belastete sowie auch die daraus resultierenden Sorgen und Ängste um ihre Zukunft. Während wir mittags in meinem Bett lagen, fing sie in meinen Armen auf einmal zu weinen an, wollte mir aber nicht mitteilen, weshalb. Als sich ihre Stimmung wieder etwas aufhellte, sprach sie davon, dass es während der letzten Jahre niemanden gab, bei dem sie so gern war wie bei mir. Sie erzählte mir auch von ein paar Streichen aus ihrer Kindheit mit ihrer Schwester und erinnerte sich an ein Ereignis aus ihrer Schule, die sich ganz in der Nähe des Tierparks befand, als auf einmal die Pelikane ausgebrochen waren und in das offenstehende Fenster des Klassenzimmers flogen.

Dana machte sich nun Gedanken über die Gestaltung des Kindergeburtstages für Roman: „Blinde-Kuh" spielen zum Beispiel oder mit verbundenen Augen eine verpackte Tafel Schokolade mit Messer und Gabel öffnen. Ich konnte mir gut vorstellen, dass sie zu solchen Anlässen richtig aufblühte und ihre ganze Energie und Kreativität im Umgang mit ihren und den Kindern, die eingeladen waren, entfaltete. Vielleicht würde sie für einen Moment vergessen, dass sie sich in dieser Wohnung, in der seit einigen Wochen nun ihr Exmann zusammen mit Roman lebte und wo auch der Kindergeburtstag stattfinden sollte, eigentlich überhaupt nicht mehr wohlfühlte.

Bevor sie sich auf den Weg zum Kindergeburtstag machte, schoss ich am Morgen noch ein paar Fotos von Fabian, doch sie selbst wendete sich immer wieder ab, sobald ich sie im Bild haben wollte. Eine dieser Aufnahmen von Fabian verwendete sie sogar als Bildschirmhintergrund auf ihrem Laptop. Um die Mittagszeit brachte ich sie wieder in ihre Wohnung, da sie aufgrund der Geburtstagsfeier noch Einiges vorzubereiten hatte.

Am Wochenende holte ich Dana zum letzten Mal zusammen mit Fabian in meine Wohnung. Zuvor erlebte sie eine schlimme Nacht mit hohem Fieber. Hatte sie vielleicht mit Nebenwirkungen zu kämpfen? Ich hatte keine Vorstellung, wie schlecht ihre körperliche Verfassung damals vielleicht war. Sie erzählte mir, dass sie kaum in der Lage gewesen sei, sich aus dem Bett zu bewegen und nahm schließlich ein paar Aspirin-Tabletten, "um den Dreck rauszuschwitzen" und das Fieber zu senken. Das Bettlaken sei nass geschwitzt gewesen und auch den Schlafanzug konnte man auswringen. Zudem hätte sie sich mit fürchterlichen Gedanken gequält. Das ging anscheinend so weit, dass sie für den nächsten Tag plante, die Beziehung mit mir zu beenden aus Angst, dass ich ihr zuvorkommen würde. Dana wollte mir nicht zumuten, dass ich ihre Alkoholabhängigkeit, mit all den Konsequenzen, ertragen musste. Diese Sucht weiterhin vor mir zu verbergen, schien sie nun aber zu überfordern, und die Vorstellung, ich sei möglicherweise ein Mensch der nicht mit ihr durch „dick und dünn" gehen würde, wäre für sie eine untragbare Enttäuschung gewesen.

Nach einem Stadtbummel kochten wir uns etwas Leckeres und schauten später die Echo-Verleihung an. Dabei amüsierten wir uns immer wieder über das unvorteilhafte Auftreten der Moderatorin Barbara Schöneberger und stimmten in unserer Meinung überein, dass vor allem ihr viel zu enges Kleidchen sowie das provokante Augenzwinkern eher einen peinlichen Beigeschmack hätten, als dass es etwa auf den einen oder anderen männlichen Zuschauer hätte verlockend wirken können.

Passend zur Faschingszeit machte sich Dana über den Inhalt meines Kleiderschrankes lustig. Deine „Old-School-Kleidung" der 1900er, bemerkte sie immer wieder. „Bei dir ist doch das ganze Jahr über Fasching, du brauchst dich eigentlich nicht zu verkleiden." Dabei war ich über ihren eigenen Kleiderfundus ebenso überrascht, denn sie besaß Jacken, Röcke, Mützen und

Schuhe, die der typischen Mode aus dem Ostblock glichen. Die Kleidung, der meist ein einfaches Schnittmuster zugrunde lag, war in ihrer Optik schnörkellos, konservativ, teilweise auch etwas bieder anzusehen, aber nicht billig. Das aber war eben auch ein Teil von ihr und es hätte mich deshalb nicht gestört, wenn sie mich in diesem Outfit auf offener Straße begleitet hätte.

Für den kommenden Sonntag regte ich an, uns doch dem Faschingsumzug anzuschließen, realisierte dabei aber nicht, dass Fabian für eine solche Unternehmung eigentlich noch viel zu klein war. Auf dem Umzug empfand sie es genau so unangenehm wie ich und Fabian hatte, wie zu erwarten war, gar nichts davon, denn er schlief ein. Die Atmosphäre war, wie jedes Jahr an Fasching, von dieser aufgesetzten, fast schon grotesk anmutenden Fröhlichkeit geprägt. Auch die Umzugswagen vermittelten nichts weiter als das Resultat von sturer Vereinsmeierei, denn sie strotzten geradezu vor Ideenlosigkeit. Wir kamen uns dort schnell fehl am Platz vor und suchten durch die Seitensträßchen das Weite. Erneut peilten wir unser Stammcafé an, nahmen wieder auf „unserem" grünen Ledersofa Platz, wo wir unsere begehrte heiße Schokolade tranken und in Zeitschriften blätterten.

Nachdem wir wieder in meiner Wohnung angekommen waren, ließ ich die letzte Wäsche von Dana durchlaufen, während sie ein heißes Bad nahm. Auf einmal ging es ihr nicht gut. Sie verspürte akute Nierenschmerzen und begab sich, bis die Wäsche fertig war, in das Schlafzimmer. Ich sah, wie sehr sie litt, wie sie zusammengekauert auf meinem Bett lag und ihre Hände im Laken festkrallte. Wieder überkam mich dabei ein unerträgliches Gefühl der Hilflosigkeit.

UNFALL

Ich machte das Treffen mit Joanna, meiner Freundin, in Koblenz fest. Wie bereits erwähnt, verweilte sie jedes Jahr über ein paar Monate in Südafrika und setzte sich dort seit Jahren für die Integration der Straßenkinder ein, die bislang weder Chancen auf eine fundierte Schul- und Ausbildung hatten noch sonstige Perspektiven. Vor ungefähr eineinhalb Jahren war sie an mich herangetreten und bat mich, einem Förderverein beizutreten, welcher das Straßenkinderheim *Kids Haven* in Benoni, nahe Johannesburg, unterstützt. Wenn dort auch nur einer kleinen Gruppe von diesen Straßenkindern geholfen werden könnte, wäre das schon ein großer Erfolg, dachte ich und schloss mich ohne lange zu überlegen diesem Förderverein an.

Es war im Übrigen nicht das erste Mal, dass ich mich für Hilfsprojekte in Afrika einsetzte. Einige Jahre zuvor hatte mich mein Cousin, der an der Elfenbeinküste und in Madagaskar als Entwicklungshelfer aktiv war, engagiert. Damals hatte ich für die Organisation *Sao Rano*, übersetzt: „sauberes Wasser" unter seiner Regie ein Logo gestaltet. Bei *Sao Rano* ging es um Entwicklungen auf dem Gebiet der nachhaltigen Sanitätsversorgung und der Feldbewässerung. Es fehlte am nötigen Geld, um zum Beispiel die Felder mit Hilfe von kleineren Wasserleitungen und Pumpen, die weitgehend durch Dieselmotoren betrieben wurden, bewirtschaften zu können. In diesen Ländern herrschte teilweise eine unbeschreibliche Armut. Misswirtschaft und Dürre hatten dort die Ernten vernichtet und Millio-

nen Menschen drohte der Hungertod. Angesichts dieser Tra-
gödie, deren Ausmaß jede Vorstellungskraft sprengt, bleiben
vor allem die Ohnmacht und die Wut zurück, die sich gegen
das dort herrschende korrupte, selbstgerechte System richtet.

Meinen Beitrag für den Förderverein *Kids Haven* sah ich in
der Gestaltung von Aufklärungsflyern und Spendenplakaten,
die durch Mitarbeiter von karitativen Organisationen sowie
kirchlichen Verbänden koordiniert wurden. Inzwischen war
Joanna nicht mehr für *Kids Haven* aktiv und immer wieder
drang während der letzten Telefonate mit ihr in ihren Worten
Enttäuschung durch, unter anderem auch deswegen, weil ich
ihren Einladungen nach Südafrika damals nie gefolgt war und
somit die Möglichkeit verpasst hatte, mir vor Ort einen Eindruck zu verschaffen.

Dana ging es noch nicht gut. Nach dem feuchtfröhlichen
Faschingsball war ich am darauffolgenden Tag, dem Ascher-
mittwoch, entsprechend gerädert, erkundigte mich aber stets
nach ihrem Befinden und sendete ihr meine Genesungs-
wünsche. Sie musste auch diese Woche wieder zusätzlich auf
Roman aufpassen. Wir telefonierten zwar abends miteinander,
aber sie wirkte erneut apathisch und desinteressiert, unterhielt
sich wieder mit mir in diesem „m-h-Stil" und legte mehrere
längere Pausen nach den Sätzen ein.

Damit Dana abends ungestört an ihrer Steuer arbeiten
konnte, war vereinbart, dass ich mich währenddessen um
Fabian kümmern würde. Sie hatte ihre Wohnung inzwischen
etwas umgeräumt und teilweise die Möbel anders positioniert.
Als Dana und ich später, als Fabian im Bett war, auf der
Empore saßen, stellte sie mir eins der Bücher vom Psychologen

Ruediger Dahlke vor, das sie neu erworben hatte. Dabei deutete sie auf ein Symbol innerhalb einer Seite dieses Buches. Eine Schwarz-Weiß-Grafik, die ich ununterbrochen, ohne mit der Wimper zu zucken, eine halbe Minute ansehen sollte. Dann müsste ich ein weiteres Symbol erkennen. Jedoch habe ich nach wiederholten Versuchen nichts weiter als so etwas wie Strahlen oder Wellen vernommen.

Erneut erzählte sie von früheren Erlebnissen und redete manchmal etwas konfus, denn sie hatte schon wieder zu viel getrunken. Vielleicht hatten ihre Schilderungen aufgrund ihres Zustandes seltsame und teilweise auch mystisch angehauchte Inhalte, an die ich mich im Detail nicht mehr erinnern kann.

Dana sprach davon, mit einem Nekromanten - also einem Totenbeschwörer - in Verbindung gestanden zu haben. Dieser habe Kontakt zu ihren verstorbenen Angehörigen aufgenommen, zu ihrer Mutter und zum Großvater, der Selbstmord begangen hatte, und er nehme auf die Seelen der beiden Einfluss. Nachdem eine von Danas Freundinnen, die ebenfalls mit dem Totenbeschwörer in Kontakt gewesen war, plötzlich tödlich verunglückte, sah sie auch ihr eigenes Leben bedroht. Dana glaubte, dass dieser Totenbeschwörer ebenfalls ihre Seele in Besitz nehmen wolle und dass sie dem Untergang geweiht sei. In höchster Not setzte sich Dana damals mit ihrem Vater in Verbindung, der ihr dazu riet, sofort zu duschen und ihren von diesem Wesen kontaminierten Körper wieder reinzuwaschen.

Meiner Einschätzung nach hatte sich Dana diesen Unsinn entweder selbst ausgedacht oder irgendwo gelesen. Es hörte sich für mich nicht real an, obwohl es tatsächlich Rituale und Menschen gibt, die angeblich Tote beschwören können und Menschen, die das glauben.

Dana sprang von einem Thema zum nächsten. Einige Erzählungen, an die ich mich noch erinnere, handelten zum Beispiel von ihrer Tätigkeit in einer Steuerkanzlei, die eine Zeit lang auch die Steuererklärungen für die Arztpraxis ihres geschiedenen Mannes übernahmen. Über das Verhältnis zur Steuerberaterin erzählte sie mir ausführlich. Diese war Dana anfangs wohlgesonnen, hatte sich aber später mit ihr zerstritten. Dann erwähnte sie ihren Exmann, der in seinem Berufsfeld sehr angesehen und überaus wohlhabend war. Häufig verabredete er sich mit anderen Kollegen zum Essen, wohin sie ihn ab und zu begleitete.

Als Fabian, nachdem er bereits zu Bett gebracht worden war, wieder wach wurde, nahm sie ihn mit nach oben auf die Empore und stellte die Musik laut. Es ging schon auf Mitternacht zu, als unter anderem „I am what I am" von Gloria Gaynor immer wieder aus den Boxen ertönte. Ich bat sie, um diese Uhrzeit die Musik leiser zu stellen, doch sie überschüttete mich mit Hohn: „Er muss sich die Ohren zuhalten" oder „Der kann nicht mehr, „Der muss ins Bett", sagte sie in Fabians Richtung.

Als ich einen Tag später nach Feierabend ihre Wohnung betrat, war es vermutlich Fabian, der mich hineingelassen hatte. Ich traute meinen Augen nicht. Was ich da sah, war das reinste Chaos! Dana lag völlig reglos im Bett, um sie herum entdeckte ich leere Bierflaschen sowie einige geliehene Kinderbücher, die nun vom Alkohol verklebt waren. Besorgt ging ich zu ihr hin, fasste ihre Hand und fragte sie, was passiert war, aber sie reagierte nicht. Es interessierte mich auch, ob sie außer Alkohol noch etwas anderes zu sich genommen haben könnte.

Fabian freute sich über meinen Besuch. Er hatte nur eine Windel und ein knappes Hemdchen an und roch so, als ob man ihm dringend wieder frische Pampers anlegen müsste. Ich fühlte mich überfordert und wusste nun nicht, wo ich anfangen sollte. Wo lag die Packung mit den Pampers? In meiner Verzweiflung versuchte ich Dana dazu zu bringen, ihm irgendwie wieder eine frische Pampers anzulegen. Ich sprach sie an, wollte sie aufrichten, aber sie fiel in sich zusammen. Fabian ging hin und wieder zu ihr und fing plötzlich zu weinen an. Bis sie wieder ein wenig zu sich kam, spielte ich mit ihm und versuchte ihn somit abzulenken. Beim Anschauen der Kinderbücher fiel mir auf, dass er innerhalb kürzester Zeit sprachlich einen großen Sprung gemacht hatte und sogar auf einmal schon ganze Sätze sagen konnte.

Nachdem ich Dana eine Pizza beim Imbiss um die Ecke besorgt hatte, erholte sie sich nach dem Essen wieder relativ schnell. Gegen elf Uhr abends, viel zu spät für Fabian, legten wir uns schlafen. Es erreichte sie noch eine Kurznachricht von Clemens, die sie sehr verärgert haben muss. „Er hat mir da was unterstellt", schimpfte sie immer wieder. Ich schätze, er hatte sie darauf angesprochen, dass sie wieder getrunken hatte. „Er müsste das doch sowieso schon seit Tagen wissen", dachte ich.

Fabian lag dieses Mal in der Mitte zwischen ihr und mir. Ich war sehr müde, so müde, dass ich ihn nicht umbetten wollte, aus Angst, ihn aufzuwecken. Bestimmt hätte er protestiert, wenn er wieder in seinem Bettchen hätte liegen müssen. Nachdem ich nur wenige Stunden geschlafen hatte und irgendwann gegen zwei Uhr morgens wach wurde, fand ich keine Ruhe mehr, weil Dana ständig im Schlaf redete. Ich glaubte auch gehört zu haben, wie sie über mich schimpfte.

Sie erwachte etwa gegen fünf Uhr und ich kündigte an, gehen zu wollen, obwohl das eigentlich meinen Gefühlen widerstrebte. Ich gab vor, mich fremd zu fühlen, worauf sie erwiderte: „Du bist dir selbst fremd! Aber gut, tu, was du für richtig hältst, dann geh!" Die Sonne war schon aufgegangen, als ich aus dem Haus ging und die Vögel zwitscherten. Es fühlte sich wie einen Hauch von Frühling an. Nachdem ich mich zu Hause noch etwas ausgeruht hatte, las ich eine sehr ernst zu nehmende Kurznachricht von Dana: *„Ich kann jetzt auch nicht mehr schlafen. Weißt du, Timm, ich finde die Welt und alles Drumherum seit einigen Tagen doof und weiß auch nicht so recht, was ich in ihr soll. Ich würde am liebsten ausbrechen und irgendwie entfliehen, aber das geht eben mit Fabian nicht so einfach."*

Ich spürte einen Kloß im Hals und wollte eigentlich niemanden um mich herum haben. So wie schon lange nicht mehr, sehnte ich mich nach dem Alleinsein und hätte an diesem Wochenende am liebsten keinen Schritt mehr vor die Türe gesetzt. Obwohl die Vorstellung, Joanna abzusagen, für mich in diesem Moment viel naheliegender war, erinnerte ich mich jedoch an mein vor wenigen Wochen gegebenes Versprechen und machte mich startklar. Mein Vater, der zufällig auf einen Sprung vorbeikam, brachte mich zum Bahnhof.

Ein Teil meiner Reiseroute an jenem Tag zählt zu den schönsten innerhalb Deutschlands: das obere Mittelrheintal, das zum UNESCO-Weltkulturerbe gehört und das an zahlreichen romantischen Burgen, der Loreley sowie an beschaulichen Städtchen wie Rüdesheim, St. Goar oder Boppard vorbeiführt.

Bevor ich in Koblenz am späten Nachmittag Joanna treffen würde, bezog ich dort mein Zimmer im Ibis-Hotel und nutzte die Zeit, die mir noch blieb, meinen Kopf sortiert zu bekommen. Nachdem ich mich zur ausgemachten Zeit wieder in die Hotel-Lounge begeben hatte, empfing mich Joanna und fiel mir um den Hals.

Während wir durch die Fußgängerzonen der City schlenderten und dabei auch ein oder zwei Kaffeestops einlegten, erzählte mir Joanna euphorisch von ihren Neuigkeiten, die ich entweder nur mit einem knappen „ja" kommentierte, oder mit Kopfnicken zur Kenntnis nahm. Es interessierte mich eigentlich nicht, was sie zu berichten hatte und ich sah, statt mich auf sie zu konzentrieren, dem lebhaften Treiben der Passanten zu, die sich an diesem sonnigen Samstagnachmittag zu einem Einkaufsbummel in die Koblenzer Altstadt aufgemacht hatten und womöglich überwiegend vom Umland angereist waren. Auch der ein oder andere Gaukler oder Jongleur hatte sich in die Fußgängerzone verirrt.

Joanna war an diesem Wochenende sehr erkältet, weshalb sie sich am Abend schon relativ früh verabschiedete. Außerdem hatte sie noch einiges vorzubereiten, da sie am Morgen ein paar Freunde für Sonntag zum Brunchen zu sich in die Wohnung eingeladen hatte. Selbstverständlich sollte auch ich zu ihren Gästen gehören.

Zuvorkommend und vor allem sehr gastfreundlich, wie Joanna nun einmal war, sparte sie an nichts und richtete den Frühstückstisch am darauffolgenden Morgen schön her. Nach einem außergewöhnlich reichhaltigen Frühstück mit Räucherlachs und Krabbencocktails stöberte ich noch ein wenig in Berichten und Fotos, die das Straßenkinderheim *Kids Haven* betrafen.

Nachdem sich am frühen Nachmittag der letzte von Joannas geladenen Gästen verabschiedet hatte, begaben wir uns, da das Wetter schön war, noch ans Rheinufer zu einem kleinen Spaziergang. Auf der Höhe vom Deutschen Eck, wo die Mosel in den Rhein mündet, erreichte mich dann eine weitere alarmierende SMS von Dana. Bereits am Vorabend hatte ich versucht, sie zurückzurufen, nachdem ich von ihr einen Anruf in Abwesenheit erhalten hatte. „Bin gestern mit dem Roller gestürzt, Blut, Hand verletzt, Rettungswagen, Krankenhaus. Ich habe es überlebt mit inneren und äußeren Verletzungen. Ich konnte gestern nicht rangehen, da Handyverbot im Krankenhaus."

Sie besaß einen Tretroller aus Alu, mit dem sie sich ab und zu fortbewegte. An diesem Tag wollte sie damit zu Clemens fahren, weil er Geburtstag hatte. „Ich kann dem das doch nicht antun, da einfach nicht aufzutauchen", hatte sie am Vorabend gemeint. Ich stockte zuerst und erzählte dann Joanna unter Tränen von dieser SMS. Sie habe Verständnis dafür, wenn ich jetzt gehen will, meinte sie.

Joanna begleitete mich noch zum Zug. Vielleicht auch aufgrund der Ernsthaftigkeit der Sache war unser Gespräch nun nahezu verstummt. „Melde dich einfach, wenn Du darüber reden willst", sagte sie abschließend.

Natürlich habe ich Dana auf diese Hiobsbotschaft sofort geantwortet und fragte sie, ob sie inzwischen zu Hause war und ob ich irgendetwas für sie tun könnte, worauf sie zurückschrieb: „Zu Hause ja, aber Roman ist verständlicherweise ein Problemfall. Lass uns morgen treffen und vorher per SMS kommunizieren."

Vom Hintergrundgeschehen erzählte ich Joanna erst, als sie mich dann am Abend zu Hause anrief. Sie wollte wissen, ob alles in Ordnung sei. Es war ein relativ langes Telefonat und sie sprach mich auch auf das Kind an. „Wenn deine Freundin keine Anstalten macht, ihr Problem in den Griff zu bekommen und sogar nicht einmal gesprächsbereit ist, musst du unbedingt mit dem Vater des Kindes darüber reden. Du warst in den letzten Wochen ständig um sie herum, wenn dem Kind etwas passiert, angenommen es fällt die Treppe hinunter, wenn es mit der Zeit krank wird oder sogar verhungert, wirst du deshalb unweigerlich in diese Sache mit hineingezogen." Sie regte an, dass ich mit Dana zusammen zu den Anonymen Alkoholikern gehen solle. Zudem könne ich mich zum Erfahrungsaustausch einer Gruppe für Angehörige anschließen, denn das könnte mir im Umgang mit ihr weiterhelfen. „Al-Anon" heißt diese Gruppe, wie ich später herausfand, und sie trifft sich meistens im direkten Anschluss an die Gruppe der Anonymen Alkoholiker.

Aber ich konnte durch Danas Verhalten in den vergangenen Monaten darauf schließen, dass ich bei ihr auf keinerlei Gehör stoßen würde. Am Neujahrstag hatte sie mich bereits schroff zurückgewiesen, als ich sie einmal darum bat, nun dem Trinken Einhalt zu gebieten. Dabei wäre die Gruppe der Anonymen Alkoholiker bestimmt eine gute Möglichkeit gewesen, zu verhindern, dass ihr das Kind weggenommen würde. Jeder Alkoholabhängige aber wehrt sich zunächst gegen das Eingeständnis seiner Krankheit und es ist oft so, dass erst etwas Einschneidendes passieren muss, bevor er sich dazu entschließt, einen anderen Weg einzuschlagen.

DIE KONSEQUENZ

An dieser Stelle möchte ich ein Statement von Dr. Felix Fischer, Vorsitzender des Vereins der Anonymen Alkoholiker und ärztlicher Leiter der Abteilung für Abhängigkeitserkrankte an der Nervenklinik Linz, wiedergeben. Diesen Artikel entdeckte ich im Forum Gesundheit:

> *„Kinder können eine Alkoholabhängigkeit weder begreifen noch beeinflussen. Sie wachsen in einer Atmosphäre permanenter Unbestimmbarkeit auf. Sie wissen nie, wie der Tag verlaufen wird und leiden unter der wechselhaften Stimmungslage ihrer Eltern. Die Stimmung zuhause hängt sehr stark vom alkoholabhängigen Elternteil ab, vom Grad seiner Alkoholisierung, wie es ihm gerade geht, ob er für irgendetwas zu gebrauchen ist, ob er extrem gereizt ist oder eine friedliche Phase hat."*

Ich für meinen Teil war aber nun bemüht, viel mehr den Background, welcher speziell hinter dieser Sache steht, ein wenig zu begreifen, auch wenn ich mich jetzt dabei weit aus dem Fenster lehne.

Dr. Clemens Reisinger, den Exmann, lernte ich nun im Zuge der Problematik mit Dana als eine sensible, feinsinnige und wohl auch kluge Persönlichkeit, deren Überlegungen oft sehr tiefgreifend sein können, kennen. Insbesondere auf seinem Fachgebiet mag er, wie mir Dana erzählt hatte, brillant sein, denn er berücksichtigt bei der Behandlung seiner Patienten nicht nur deren Krankheiten, sondern auch die damit verbundenen Zusammenhänge, die unter anderem psychischen und soziologischen Gegebenheiten entspringen. Trotz seiner Fähigkeiten, schätze ich, war es für Dana mit Sicherheit oft nicht gerade einfach, mit ihm auszukommen. Während einer meiner Telefonate mit ihm offenbarte er mir, sie einst besitzen zu wollen. Einen Menschen besitzen zu wollen, bedeutet aus meiner Sicht den Versuch, ihn zu beherrschen, es ist ein Eingriff in die Seele. Wahrscheinlich ertrug sie seine Art, wie er auf sie einwirkte, nicht mehr. Vielleicht auch deshalb, weil es ihm nicht immer gelang, sich im Zusammenleben mit ihr von seinem Beruf als Arzt abzugrenzen. Ich vermute, dass er ihr gegenüber oft, wenn auch ungewollt, in die Rolle des „Therapeuten" schlüpfte, anstatt sie wie eine ebenbürtige Lebenspartnerin zu behandeln. Immer wieder den eigenen inneren Spiegel vorgehalten zu bekommen, kann, ob das Gesagte nun den Tatsachen entspricht oder nicht, auf Dauer auch zerstörerisch wirken.

Ihre Sucht aber betrachte ich eher als eine Reaktion auf seelische Widersprüche. Es drängte sich mir der Verdacht auf, dass sie sich in einer Sackgasse befand und dieses Leben mit dem über fünfzehn Jahre älteren Arzt, welches sie sich ausgesucht, eigentlich so gar nicht gewollt hatte. Nach dem Trauma, dem plötzlichen Verlust der Mutter als dreizehnjähriges Mädchen, hatte sie möglicherweise kaum mehr so etwas wie ein Gefühl von Schutz und Rückhalt erfahren und vermutete, dies nun Jahre später bei Clemens in einer Weise finden zu können. Aber die Hoffnung, von ihm verstanden zu werden,

erfüllte sich für sie nicht, stattdessen entstand zu ihm ein Abhängigkeitsverhältnis und manchmal hörte ich in unseren Gesprächen auch heraus, dass sie fremdbestimmt war. Während der Jahre habe er sich auch immer wieder vor ihr mit seinen Affären zu seinen Patientinnen gebrüstet, konnte aber andererseits mit heftigen Eifersuchtsattacken reagieren, berichtete sie mir. Letzteres spiegelte sich in ihrem Verhalten wider, denn als auch ich ein- oder zweimal bei ihr Anzeichen von Eifersucht zeigte, nachdem sie mir gegenüber etwas abweisend war, reagierte sie darauf sehr sensibel.

Wenn ich ihren Erzählungen weitgehend Glauben schenke, muss er ihr, insbesondere in der Zeit mit mir, das Leben schwer gemacht haben, indem er sie immer wieder unter Druck setzte und versuchte, sie einzuschüchtern. Sie verwendete den Begriff „Zuckerbrot und Peitsche". Mal fand er liebevolle, sanftmütige Worte, um im nächsten Moment wieder draufzuhauen und zu sagen: „Ohne mich bist du verloren, ohne meinen Beistand wirst du zerbrechen! Du magst dich jetzt vielleicht auf Wolke sieben befinden, aber in Wirklichkeit geht es dir nämlich beschissen. Das weiß ich!"

Was mich selbst anging, so bestand für mich kein Zweifel, dass ich dem Exmann ein Dorn im Auge war und er sich wohl nichts sehnlicher wünschte, als dass ich baldmöglichst wieder weg wäre, auch wenn er sich vor mir diese Blöße wohl nicht geben würde. Schließlich musste Dana über unsere Beziehung schweigen, sie hatte Angst vor Sanktionen seinerseits.

Während der Wochen und Monate zuvor hatte mir Dana ständig von ihren Leiden erzählt. In meinem Bestreben, das alles begreifen zu wollen, war ich überfordert. Als ich sie zum

Wochenstart besuchte, war ich entsetzt, denn diesen Ausdruck des Leidens sah ich nun unverschleiert direkt vor mir sitzen und fand inzwischen so gut wie keine Möglichkeit mehr, zu ihr durchzudringen.

Als sie mich empfing, saß sie still am Esstisch und wirkte dabei fast so unbeweglich wie eine Wachsfigur. Ihr Kopf hing vornüber, die Augen waren geschlossen und ihre verschränkten Arme signalisierten Distanz. Sie war kaum in der Lage sich zu äußern, und ich konnte nur mit Mühe folgen, wenn sie etwas sagte. Das, was ich verstanden hatte, war, dass sie über ihre Angst vor der Einsamkeit sprach und vermutete, dass ich sie nur aus einem Pflichtgefühl heraus besuchte. Es waren nicht so sehr die äußerlichen Verletzungen, welche sie durch den Unfall davongetragen hatte, die ich als nicht so gravierend ansah, sondern vielmehr die seelischen Kratzer, diese Apathie, die sie vermittelte. Der Unfall hätte auch schlimmer ausgehen können, ganz klar! So blieben ein paar Schürfwunden im Gesicht zurück und eine verletzte Hand, die geschient worden war. Vor der Treppe zur Empore lagen einige Glasscherben. Wahrscheinlich von einem Trinkglas, das zu Bruch gegangen war. Kommentarlos beseitigte ich diese, bevor ihr Kind möglicherweise dort hineinstolpern konnte. Fabian wurde wach und weinte. Er sah verwahrlost aus und lag mit Straßenkleidung im Bett. Sie wollte ihn umziehen und fiel immer wieder nach hinten weg, ehe ich ein Einsehen hatte und übernahm.

Wenn ich aus diesem Alptraum doch endlich aufwachen könnte, seufzte ich innerlich am nächsten Morgen. Es war aber leider kein Traum, sondern die deprimierende Realität! Dieser Mensch, der neben mir lag, war nicht mehr die Dana, die ich kannte, nein, sie war für mich wie ein Fremdkörper, so als ob sie von einem anderen Wesen besetzt wäre. Sie schien weit weg von mir zu sein, weit weg von der Person, die sie war und von dem, was sie eigentlich ausmachte.

Nachdem auch sie und Fabian wach wurden, legte ich die Aufziehpüppchen auf ihre Kopfkissen und ließ sie spielen und es überkam mich dabei ein tiefes Gefühl der Traurigkeit. Das Einzige, was ich ihr noch unter Tränen sagte, war: „Hör auf damit". Sie zeigte sich uneinsichtig, denn zur Antwort kam: „Ich muss erst dieses Arschloch da loswerden." Natürlich war damit Clemens gemeint.

Dem Wetter nach begann dieser Tag vielversprechend. Die Sonne war bemüht, sich durch die Wolken zu arbeiten und die Temperaturen waren auch etwas angenehmer als in den Wochen zuvor, doch meine Gedanken verdunkelten sich zunehmend. Sollte sich erneut ein Unfall ereignen, hätte dieser vielleicht einen viel tragischeren Ausgang als der letzte.

Die Situation drohte durch Danas inzwischen heftiges Trinken außer Kontrolle zu geraten und ich habe überlegt, ob ich dem Jugendamt Informationen darüber zukommen lassen sollte. Was würde es für sie bedeuten? Für unsere Beziehung? Für ihre Beziehung zu ihrem Kind? Auch hatte ich den Drang, mich mit ihrem Exmann in Verbindung zu setzen. Vielleicht war er in Wirklichkeit gar nicht so, wie Dana ihn darstellte? Und er ist immerhin der Vater des Kindes, das betroffen ist, vielleicht hat er ja ein Recht, einbezogen zu werden? Außerdem war das Jugendamt ohnehin schon seit Oktober im Jahr zuvor auf dem Plan und mindestens einmal pro Woche bei Dana zu Besuch. Ich hielt es deshalb für unpassend, gleich eine Aussage vor dem Jugendamt zu machen.

Nach zähem Ringen überwand ich mich nun dazu und versuchte zwei-, dreimal, Clemens zu erreichen. Als ich am späten Nachmittag noch keinen Rückruf erhalten hatte, sprach ich ihm ein weiteres Mal auf den Anrufbeantworter und wies auf die Dringlichkeit hin. Prompt rief er mich daraufhin zurück. Ich schilderte ihm kurz die Situation und er erzählte mir im Gegenzug von einer Sache, die Dana auf lange Sicht den Führerschein gekostet hatte: Sie sei damals mit seinem Jaguar in eine Reihe parkender Autos hineingefahren. Im Wagen befand sich auch Roman, der zu dieser Zeit ungefähr genauso alt war wie Fabian jetzt. Erstaunlich sei dabei die Abgeklärtheit gewesen, mit der sie im Anschluss das Gespräch mit der Polizei führte, zumal die Alkoholkontrolle einen Wert von immerhin 3,0 (!) Promille ergab.

Clemens sah nun sofort Handlungsbedarf, und zwar mit aller Konsequenz. Er hatte es sogar so eilig, dass er mich kaum aussprechen ließ und das Telefonat praktisch abbrach.

Wie ich vermutete, hatte er auf meinen Hinweis gewartet, dessen war ich mir nun sicher. Es fuhr mir in die Glieder, ich bekam Panik und dachte: Jetzt habe ich den Stein ins Rollen gebracht. Ich muss ihn wieder zum Stillstand bringen! Am liebsten hätte ich erneut angerufen, um den Wind aus den Segeln zu nehmen. Aus diesem Grund wollte ich bei Clemens nochmal vorbeifahren, bevor ich zu Dana ging. Ich passte ihn ab, als er gerade vor seiner Wohnung geparkt hatte und Fabian schon auf seinem Arm trug. Clemens war um die fünfzig, wirkte aber optisch, vielleicht bedingt durch die Kleidung, die er trug, sogar etwas älter. Er trug einen langen dunklen Mantel und einen schwarzen Hut, den er sich ein bisschen ins Gesicht gezogen hatte, und glich damit den typischen Detektiven aus den Fernsehkrimis vergangener Tage. Ebenso wie ich schien er sehr aufgeregt zu sein.

Roman erkannte mich sofort und sagte zu seinem Vater: „Da schau, das ist der erste Mann, der mit Mama gut umgeht." „Jetzt gebe ich ihn nicht mehr raus. Jetzt bleibt er da!", fügte Clemens entschlossen hinzu. Er bot mir an, mit in die Wohnung zu kommen und zeigte sich dankbar über meinen Hinweis: „Es wird meistens immer erst dann registriert, wenn das Kind in den Brunnen gefallen ist. Du hast ihm vielleicht das Leben gerettet. Der Timm ist ein Engel!" Niemals aber wollte ich, dass er ihr Fabian wegnehmen würde, weshalb ich sein Angebot, nach oben zu kommen, annahm. Zugegeben war ich auch neugierig. Ich wollte hinter die Kulissen blicken und im Groben erfahren, welcher Mensch dieser Clemens nun war. Sehr freundlich bot er mir etwas zu trinken, ein Stück von seinem Geburtstagskuchen und ebenso gleich das „Du" an. Nach meinem eher zaghaften Versuch, ihn von seinem Vorhaben abzubringen, erwähnte er, dass er Dana soeben wieder in einer erbärmlichen Verfassung angetroffen hätte und die Musik in der Wohnung in voller Lautstärke lief. Als sie ihm das Kind überreichen wollte, sei sie fast zusammengebrochen. Außerdem habe er sie in dem Glauben zurückgelassen, ihr Fabian wiederzubringen, sobald sie sich erholt hätte.

Die Wohnung, die mir ja bereits durch meine Aufenthalte bei Dana während der Vorweihnachtszeit bekannt war, hatte inzwischen ein ganz anderes Gesicht bekommen und wirkte durch die Möblierung und deren Anordnung stilvoller. Im Wohnzimmer stand nun ein großer Tisch, an dem wir Platz genommen hatten, an der Decke war ein Kronleuchter angebracht und an den Wänden hingen größere, interessante Ölgemälde.

Ich wollte von Clemens wissen, warum er sich zwei Wohnungen gemietet hatte, zumal er damals noch mit Dana liiert gewesen war. Ursprünglich sei diese Wohnung hier als eine Art Basisstation vorgesehen gewesen, erklärte er. Sie sollte dort mit den Kindern wohnen und er hätte die kleinere Wohnung nur deshalb gemietet, um für sich eine Rückzugsmöglichkeit zu haben. Hier in dieser Wohnung wollte er sich nur ab und zu aufhalten, um ein waches Auge auf Dana und die Kinder zu haben und gelegentlich seine privaten Patienten zu behandeln.

Über das, was Clemens mir von Dana erzählte, war ich erschüttert. Hauptsächlich über die Tatsache, dass es offensichtlich so vieles gab, was sie dazu veranlasst hatte, mit sich selbst so schlimm umzugehen. Es sei, wie er es formulierte, „alles ein Wahnsinn gewesen". Mit ihren Alkoholexzessen hatte sie es häufig auf die Spitze getrieben und lag tagelang im Bett. Immer wieder war die Beziehung zu ihm zerrüttet und ihre Irrwege waren von häufigen Umzügen und ebenso ständig wechselnden Männerbekanntschaften geprägt. Auch sprach er von ihrer Arglosigkeit im Umgang mit seinem Geld, ihrer Gefühlskälte ihm gegenüber und ihrem zeitweise aggressiven Umgang mit Roman, der sie inzwischen nicht mehr besuchen kommen wollte. Weiter erinnere ich mich ungefähr noch an diese Worte: „Entweder sie stirbt oder sie verkommt äußerlich und innerlich oder bestenfalls kriegt sie die Kurve doch irgendwann." Was aber seine Gefühle ihr gegenüber anging, da sei er sich sicher, dass er sie immer in seinem Herzen tragen wird. Er betonte, dass sie einen guten Kern habe, was sich bei ihr auch immer wieder in schönen Momenten zeigte. Das Verbiesterte, das Ungute, läge wie eine Schale darüber und verzerre das Bild ihrer eigentlichen Persönlichkeit.

So manche Details, die er mir außerdem noch über sie erzählte, konnte ich mir nicht merken, bis auf eines: Er berichtete mir von einem Vorfall in einer Autobahnraststätte, als sie sich auf die Toilette zurückzog und sich eine üppige Menge an Wodka oder ähnlichem Fusel reinschüttete und daraufhin zusammenbrach. Es war ein glücklicher Zufall, dass gerade die Polizei vor Ort war und sich um die weiteren Notwendigkeiten umgehend kümmerte. Dabei wäre sie fast gestorben und musste reanimiert werden. Schockiert hatte mich auch seine Darstellung von ihrem Klinikaufenthalt, den sie bereits etwas verschleiert am Neujahrstag erwähnt hatte. Sie habe sich vom Bett, an dem sie angebunden war, befreit und von einem dieser hochgiftigen Desinfektionsmittel, welche in Krankenhäusern zur Sterilisation von Wunden und unter anderem von Operationsbesteck Verwendung finden, getrunken. Es muss sich dabei etwa um Chloramin oder Methanol gehandelt haben, was eigentlich den sicheren Tod bedeuten würde, wenn man davon trinkt. Am Neujahrstag hatte ich geglaubt, dass sie in ihrem Suff nur fantasierte und nahm es nicht weiter ernst. Für mich hatte das nach einem üblen Scherz geklungen. „Nein, das ist kein Scherz", erwiderte Clemens. Ich hakte nach: „Das war doch eindeutig ein Suizidversuch!" Ob das so war, dessen sei er sich gar nicht einmal so sicher. Wie ein Mensch so etwas überleben kann, wäre auch ihm schleierhaft. „Die hat Plutonium im Körper", sagte er dazu lapidar.

Als ich seine Version über diesen Vorfall nun auch vernommen hatte, hielt ich Dana für unberechenbar. Auf einmal überkam mich Angst! Angst um sie und um ihren Sohn Fabian, weshalb ich auf Clemenss Bitte hin beim Jugendamt ein Statement abgab, denn ich hatte nicht das Gefühl, dass sich ihr

Zustand in den nächsten Tagen bessern würde. Nachdem Clemens die ganze Zeit über erzählt hatte, äußerte ich mein Anliegen, sie dringend zu einem Entzug überreden zu wollen und dass ich hierfür seine Rückendeckung benötigte. Nur wenn sie das Gefühl bekäme, dass Menschen ihres Vertrauens sie dabei wohlwollend unterstützen, würde sie es auch schaffen, fügte ich hinzu. Er winkte ab: „Sie hat schon Therapien hinter sich, die zu nichts geführt haben. Es gibt ein altes Sprichwort: Man kann einen Esel ans Wasser tragen, aber ihm davon zu trinken geben, das kann man nicht. Sie kann diesen Schritt nur aus ihrer eigenen Überzeugung, ihrem inneren Antrieb tun. Dafür muss es aber erst einmal richtig wehtun, um das zu erkennen." Letztendlich offenbarte er mir, vor Jahren ebenfalls Drogen konsumiert zu haben. Es wurde mir zuviel! Mich überkam schon wieder das Gefühl, in einen Alptraum versetzt worden zu sein.

Clemens sah Gefahr im Verzug. Er schickte einen Arzt zu ihr, was ich zu diesem Zeitpunkt eigentlich ziemlich überflüssig fand. Dieser Arzt hatte, wie ich erwartete, nichts weiter bewirkt. Erst als sie erfuhr, dass ihr Fabian weggenommen wird, hätte meiner Meinung nach ein Arztbesuch bei ihr einen Sinn ergeben. Dann wäre mit dem Schlimmsten zu rechnen gewesen, so schätzte ich. Sie erzählte mir jedoch nur voller Hohn, was Clemens angeleiert habe.

Dass Clemens nun Dana seinen kleinen Sohn wegnehmen wollte, nahm auch mich stark mit. Ich war hin- und her gerissen. Einerseits war ich erleichtert, dass er nun „gut" aufgehoben war, andererseits überfiel mich tiefe Bedrücktheit. Immer wieder liefen Filme in meinem Kopf ab, wie beispielsweise Fabian nach meinem Klingelzeichen an der Glastür im Flur zu Danas Wohnung auf mich wartete und sich über mein Kommen freute. Ich dachte auch an die schönen Abendspaziergänge im Januar. Diese Erinnerungen, die noch gar nicht so lange her gewesen waren, erschienen mir auf einmal unerreichbar fern und unfreiwillig trug ich sogar dazu bei! Ich hatte ja sogar noch einen draufgesetzt, indem ich Clemens meine Zusage gab, für das Jugendamt eine Aussage zu machen. Für den Fall, dass ich keine Zeit finden sollte, ihn am nächsten Tag dorthin zu begleiten, hatte ich einen Brief aufgesetzt. Darin bezog ich mich inhaltlich hauptsächlich auf meine Eindrücke während der beiden Tage vor ihrem Unfall. Sicherlich, ich fragte mich danach: „Warum musste ich in meinem Brief so ins Detail gehen?" Es hatte sich zwar tatsächlich so abgespielt, wie im Brief beschrieben, aber so habe ich erst recht noch Öl ins Feuer gegossen. Man könnte meinen, der Brief wäre dafür geschrieben, unsere Beziehung zu zerstören. Obwohl Fabian nun bei seinem Vater war, hatte ich irgendwie immer noch Angst um ihn. Mein Brief klang zwar im Abschluss einigermaßen versöhnlich, als ich äußerte, „dass eine wohlwollende, faire Lösung zugunsten von Dana und ihren Kindern gefunden werden sollte", doch blieb in mir das ständig ungute Gefühl, hiermit eindeutig Grenzen überschritten zu haben. Fortan beschäftigten mich quälende Gedanken: „Habe ich sie gerade jetzt in eine prekäre Situation gebracht und nun dazu beigetragen, dass ihr das über alles geliebte Kind, das sie über die Zeit vielleicht am Leben erhalten hat, weggenommen wird?" Es war ihre einzige schöne, aber auch verantwortungsvolle Aufgabe!

Ich schätze, in meinem Fall hätten viele Menschen ähnlich und auch mit derselben Überzeugung gehandelt. Trotzdem aber vermute ich, dass die Meinungen ziemlich gespalten sein dürften. Sicherlich hätten es gerade auch alleinerziehende Mütter als fatal angesehen, sich in diesem Fall mit dem Exmann zu „solidarisieren". Ich selbst bin mir nach wie vor nicht sicher, ob ich damals in meiner Verzweiflung das richtige Gespür für das hatte, was für Dana in diesem Moment vielleicht richtig war.

Sie war aufgewühlt, unsicher, denn sie stand auf einmal zwischen zwei Fronten und wusste nicht so recht, wohin ihr Weg nun führen sollte. Aufgrund dieser Begebenheit dachte ich im Nachhinein, dass es wohl hilfreicher gewesen wäre, ihr einfach mehr Zuversicht zu vermitteln. Das aber hätte dann schon während der Tage vor ihrem Unfall passieren müssen. Vielleicht wäre es klüger gewesen, sie und ihren Sohn wieder regelmäßiger in meine Wohnung zu nehmen, um ihr Schutz und Raum für etwas Ablenkung und andere Gedanken zu geben? Möglicherweise hätte sich ihre Verfassung dann schnell wieder gebessert. Gerne hätte ich manchmal mein Handeln ungeschehen gemacht und ich suche hier in meinen Gedanken, Monate danach, nochmals den Dialog mit ihr, wie ich ihr hätte begegnen können.

Komm wieder zurück! Du hast nur dieses eine Leben und kein zweites in Reserve! Jetzt hast Du noch die Chance, etwas zu ändern. Denk doch auch an Fabian, der kann für diese ganze Scheiße nichts. Es ist deine Verantwortung, wenn ihm etwas passiert, nur weil du nicht bei der Sache bist. Du musst anschließend damit leben können. Aber verflucht nochmal- du kannst es verhindern!

Du musst dringend entziehen, sonst ist es nur eine Frage der Zeit, ehe dein zweites Kind auch noch weg ist.

So, wie die Dinge jetzt stehen, bist du verwundbar. Aber ich helfe dir dabei, wir kommen da raus. Du willst das doch auch! Und außerdem weißt du ja: Wir haben noch viel vor miteinander!

Eine solche Ansprache hätte möglicherweise anders eingeschlagen, ich hatte aber nicht den Mut dazu. Vielleicht hätte sie dann in der Phase vor ihrem Unfall schon die Notbremse gezogen und sich zur Umkehr entschlossen, und mein Weg hätte nicht über Clemens führen müssen.

Ähnlich wie Joanna wusste auch meine Mutter über meine Beziehung zu Dana und die damit verbundene Problematik Bescheid. Die Meinungen hierüber waren sehr verschieden. Leider erzählte ich meiner Mutter erst später davon, denn sie ist in ihren Überlegungen und Entscheidungen oft viel diplomatischer und besonnener als ich. Wie in anderen Situationen auch, denen ich mich stellen musste, wirkte mein Handeln „aus dem Bauch heraus", also emotional. Ohne dass ich mich versah, hatte ich schon viel Porzellan zerschlagen, und der Konsequenzen war ich mir meistens nicht bewusst. Auch dieses Mal!

Meine Mutter war übrigens der Ansicht, dass ich Dana nicht ernst genug genommen hatte. „Du weißt nicht, was sich in dieser Ehe hinter verschlossenen Türen tatsächlich abgespielt haben könnte. Diese Ärzte sind häufig nicht zu unterschätzen. Vielleicht hat dieser Mann Dana über Jahre hinweg sehr gequält. Nur ein einziger Hinweis zugunsten von Fabian hätte vollauf genügt. Jeden weiteren Kontakt zu Dr. Reisinger aber hättest du dir sparen können, das ist taktlos." „Richte nicht, auf dass du nicht gerichtet wirst", gab sie mir auf den Weg.

Joanna hingegen, die selbst keine Kinder hatte, war anderer Meinung, da ein Kind in diesem Alter unter einem solchen Verhalten der Mutter, wie sie es sagte, unbeschreiblich leidet. Im Anschluss an das lange Telefonat mit ihr versuchte sie mich in einer E-Mail mit ihren Argumenten zu überzeugen: „Es gibt nur zwei Optionen für dich: Entweder weiterhin tatenlos zuzusehen oder die Beziehung mit ihr zu opfern und auszusagen. Du gehörst doch nicht zu diesen Lemmingen, diesen wirbellosen Wesen, die nur den Weg des geringsten Widerstands gehen. Hab doch einen Arsch in der Hose und setze ihr ein Zeichen! Wer weiß, vielleicht wird sie dir dafür dankbar sein, sollte sie eines Tages aus diesem Teufelskreis wieder herauskommen." Natürlich gab ich ihr recht, auch wenn sie sich ständig wiederholte.

Ein Kindesentzug ist eine sehr bittere Erfahrung, an der ein sensibler Mensch, wie Dana es war, zugrunde gehen kann. Fabian gab ihrem Leben einen Sinn, nun aber war er weg. Dana vermisste von da an jene Momente, als ihr Junge morgens zu ihr ins Bett krabbelte und um Milch bat, oder als er sich mit seinen Matchboxautos vergnügte und die Plüschtierchen knuddelte, die in der Wohnung verstreut lagen. Wie sie beobachten konnte auf welche Weise er Fortschritte im Sprechen machte und wie er nach und nach mobiler wurde. Ob sie ihn an der frischen Luft mit dem Kinderwagen durch die Gegend schob, ihm zu Essen gab oder ihn badete, in fast jeder Lebenssituation war sie bei ihm. Ich konnte diesen Schmerz in seiner Tragweite, den Dana nun erfahren musste, nicht einschätzen. Alles was in ihrer Wohnung irgendwie an Fabian erinnerte, musste sich für sie wie Nadelstiche angefühlt haben.

Wäre ich an ihrer Stelle gewesen, hätte ich wahrscheinlich über Monate hinweg ein Meer von Tränen geweint.

Was kommt nun? Für mich zählte zunächst nur, Dana in dieser Situation so gut es ging zu unterstützen, solange ich noch die Chance dazu hatte. Ich wollte sie spüren lassen, dass sie niemals allein war.

ELF

BLICK IN DEN
ABGRUND

Wenn ich mich an die Tage erinnere, die wir wie eine kleine Familie zu dritt in meiner Wohnung verbrachten, hätte ich niemals vermutet, dass Danas Hang zum Alkohol solche Ausreißer haben würde. Ihr Trinkverhalten glich in meinen Augen zunächst eher einem typischen Rauschtrinker, der auch längere abstinente Phasen haben konnte, die sich mit kürzeren Phasen exzessiven Alkoholkonsums abwechselten. Nachdem ihr kleiner Sohn weg war, verlor sie vollkommen die Kontrolle über sich, denn das, was sich nun abspielte, glich einem Desaster!

Ich haderte mit mir, ob ich mit Clemens nicht auch über Danas exzessives Trinken während dieser Zeit sprechen sollte. Mein Herz sagte mir dabei „Nein", denn wie konnte ich mich ihm eigentlich anvertrauen nach all dem, was sie mir über ihn erzählt hatte? Auch wenn manches davon vielleicht nicht der Wahrheit entsprach, hätte ich ihr zuliebe diese Grenze nicht überschreiten dürfen. Aus der Perspektive meiner Vernunft gesehen kam zunächst einmal ein eindeutiges „Ja". Vielleicht gerade deshalb, um den Kindern die Mutter zu erhalten, denn ich glaubte, dass er als Arzt, wenn es hart auf hart käme, auf jeden Fall zur Stelle wäre, zumal ihm noch immer etwas an ihr lag. Die Kurznachricht, Stunden vor ihrem Unfall, in der Dana aus dieser Welt ausbrechen will, war für mich ein Warnschuss, wobei ich nicht so recht wusste, wie ich diese nun bewerten sollte. Das, was darin geschrieben stand, könnte ich durchaus auch so interpretieren: „*Wozu das alles? Gibt es noch irgendetwas, für das es sich lohnen könnte, zu leben?*" Schließlich war ich der Ansicht, wenn ein Mensch mir gegenüber so etwas wie Suizidgedanken formuliert, dann muss ich jeden Weg gehen, bevor es zu spät ist. Da ich bisher kaum mit Alkohol und erst recht nicht mit diesbezüglich Suchtbetroffenen auf partnerschaftlicher Ebene zu tun hatte, war eine solche Situation für mich neu und ich fühlte mich dabei nicht nur überfordert, sondern auch einsam, denn dass mir dabei von irgendeiner Seite Hilfe zukommen würde, sollte sich als eine Fehleinschätzung erweisen!

Am Tag, als der Termin mit dem Jugendamt bevorstand, gab ich am Morgen Clemens eine Kopie des Briefes mit, für den Fall, dass ich meine Zeugenaussage aus zeitlichen Gründen nicht wahrnehmen könnte. Unter Vorbehalt versprach ich ihm, mich, wenn es machbar wäre, um halb drei mit ihm zu treffen. Ich brachte ihm für Fabian ein paar Spielsachen mit, die sich in meiner Wohnung befanden. Es war für mich ein unerträgliches Gefühl, als ich diese Holzkiste mit Fabians Spielzeugautos und den Kleidungsstücken in den Händen hielt und mich dabei wieder an die schönen Tage in meiner Wohnung erinnerte.

Da es bei ION relativ ruhig zuging, machte ich schon um vierzehn Uhr Schluss, damit ich den Termin zusammen mit Clemens einhalten konnte. Als wir beim Jugendamt in das Zimmer gebeten wurden, hatte ich das Gefühl, es wäre besser gewesen, wieder zurückzurudern. Aufgrund der sich zuspitzenden Dramatik reagierte ich völlig überdreht und war eigentlich zu keiner brauchbaren Stellungnahme fähig. Es hätte genügt, wenn ich einfach nur auf ihre Ängste eingegangen wäre, die aus der Beziehungsproblematik zwischen ihm und ihr resultierten. Vor allem hatte es in Bezug auf ihre Sucht bis vor wenigen Tagen mit einer kleinen Ausnahme an Neujahr keine eindeutigen Anzeichen gegeben. Davon abgesehen ist es keine Seltenheit, dass an Silvester oder Neujahr schon mal ein bisschen mehr gepichelt wird als üblich. Auch wenn Dana ihre Abhängigkeit vor mir die meiste Zeit über fast perfekt vertuscht haben mag, hätte ich mehr Verständnis und Sachlichkeit in meine Argumente einbringen müssen.

Nachdem mich die Beauftragte vom Jugendamt, Frau Fabry, detailliert über den bisherigen Verlauf der Beziehung interviewt hatte, fragte sie mich letztendlich: „Wie soll ich damit umgehen?" Ich bat sie, bezüglich meiner gemachten Angaben zunächst zu schweigen, um nicht noch mehr Unruhe in diese Angelegenheit hineinzubringen. Überhaupt war ich über den weitern Verlauf sehr besorgt und fragte mich immer wieder: Wie weit würde Dana gehen, sobald sie erfährt, dass Fabian ihr nun entzogen wird? Vielleicht ahnte sie auch schon, was sie erwartete. Clemens meinte nur: „Handle nach deinem Gefühl. Rufe einen Rettungswagen, wenn es darauf ankommt."

Als ich Danas entgangenen Anruf auf meinem Handy entdeckte, empfand ich es so, als ob ich ihren Hilferuf nicht gehört hätte und sie mich nun mit mahnender Stimme fragte: „Wo warst Du? Warum kommst Du denn so spät?" Es überkam mich auf einmal ein ganz schlechtes Gewissen, denn ich realisierte, dass ich in diesem Augenblick eigentlich am falschen Ort war, zumal mich das Gespräch mit ihm, nach dem Termin beim Jugendamt, in Wirklichkeit nicht weiterbrachte.

Als ich mich auf den Weg machte, besorgte ich ihr wieder etwas für ihr leibliches Wohl, damit ihr Magen zumindest das, was sie sich tagsüber so zugeführt hatte, noch aushalten konnte. Das Essen bei einem Imbiss zu besorgen, war sicherlich die bequemere Alternative, aber ich wollte nicht allzuviel Zeit verlieren. Davon abgesehen, dass ich kein besonders guter Koch bin, war es mir wichtig, dass sie sofort etwas bekommt, bevor sie wieder einschläft.

Ich weiß nicht mehr genau, wie ich in ihre Wohnung gelangte. Wahrscheinlich bin ich über einen weiteren Bewohner in das Haus gekommen und ihre Wohnungstür stand offen. Vielleicht war es ein stummer Hilfeschrei, dass die Tür offen stand. Nachdem ich die Wohnung betreten hatte, fand ich Dana auf dem Boden neben dem Bett liegend. Sie war gefallen und hatte sich eine klaffende Platzwunde am Hinterkopf zugezogen. Das fiel mir auf, nachdem ich sie wieder in das Bett gehievt hatte und sich auf dem Kopfkissen auf einmal Blutspuren befanden. Sie war nicht mehr ansprechbar und ich befürchtete, dass sie zudem das Bewusstsein verlieren könnte. Nachdem ich ihr den Schlafanzug angezogen hatte, dachte ich an ihre Message von vor knapp einer Woche, die ihre Sehnsucht nach Flucht ausdrückte, und rief aufgrund der Eigengefährdung, die ich für sie gesehen hatte, zunächst die Polizei, die zugleich den Rettungswagen auf den Weg schickte. Als ich diesen herannahen hörte, lag ich neben ihr auf dem Bett und umfasste ihre Hand.

Der Rettungsdienst und die Polizei kamen zeitgleich, untersuchten sie kurz, schauten nach ihrem Personalausweis und fragten mich danach, ob ihrerseits Selbstmordabsichten bestanden. Der Pupillentest ergab, dass diese sich nun geweitet hatten. Schließlich entdeckte die Polizei auf ihrem Sideboard in der Diele eine Packung mit Beruhigungsmitteln. Daraufhin erzählte ich der Polizei von dieser fragwürdigen SMS. Sie müssten Dana ins Krankenhaus bringen, entschied der Polizist übereinstimmend mit den Rettungssanitätern, und sie wurde daraufhin auf einer Bahre aus dem Haus herausgeschoben. Ich stieg ebenfalls in den Rettungswagen ein und fuhr mit ins Städtische Klinikum, wo ich erstmal bei ihr in der Notaufnahme verweilte.

Sie wurde zwischenzeitlich untersucht und an ihrer Platzwunde am Hinterkopf genäht. Ein Pfleger ließ mich dann später wieder zu ihr. Nach ungefähr einer Stunde redete sie auf einmal wieder und warf mir vor, dass ich mit dieser Aktion zum Nachteil ihrer Kinder gehandelt hätte. Während meines Bemühens, ihr den Grund für diese Handlung näherzubringen, unterbrach mich der Pfleger und teilte ihr mit, dass der Alkoholtest einen Promillewert von 2,85 ergeben hätte und sie über Nacht in der Klinik bleiben müsste. Wenn der Alkoholtest nun den Wert von 2,85 auswarf, so vermutete ich, müsste dieser, als ich sie etwa eine Stunde zuvor gefunden hatte, mindestens einen Wert von 3 Promille ergeben haben. Experten zufolge liegt die tödliche Dosis bei 4 Promille und sie selbst befand sich nun in einem Stadium, das auch für Menschen, die regelmäßig trinken, lebensbedrohlich ist.

Als sie Hunger verspürte, ließ ich mich mit dem Taxi zu ihrer Wohnung bringen und brachte ihr den Yufka, der immer noch bei ihr auf dem Esstisch lag. Ich sollte auch ihre Sektflaschen verstecken für den Fall, dass am nächsten Tag die Beauftragte vom Jugendamt aufkreuzen würde. Während ich wieder kurz bei ihr zu Hause war, meldete ich mich bei

Clemens und schilderte ihm die Situation, statt ihre Sekt-flaschen zu verstecken.

Als ich wieder in die zentrale Notaufnahme zurückkehrte, wurde für sie händeringend ein Krankenbett gesucht. Sie wollte, dass ich über Nacht bei ihr blieb und dass für mich ebenso ein Bett organisiert würde. Es wurde uns jedoch mitgeteilt, dass fast keine Betten mehr verfügbar waren. Schließlich konnte sie doch auf der psychiatrischen Station für die Nacht unterkommen, wo sie sich einer ausführlichen Untersuchung unterziehen musste. In meinem Beisein wurde sie zu ihrer Sucht, ihrem Lebenslauf und eventuellen Selbstmordabsichten befragt. Letzteres dementierte sie vehement. Sie begann zu weinen, als sie zu ihrem Verhältnis zum Exmann befragt wurde, während ich ihr die Hand hielt. Die diensthabende Ärztin fragte sie nun nach ihrem Trinkverhalten, was sie, verständlich aus ihrer Sicht, zu verharmlosen versuchte. Nach einem mit einer weiteren Alkoholprobe verbundenen Gehtest schaute die Ärztin sie ungläubig an. Es sei bei einem Promillewert von inzwischen 2,5 Promille nicht üblich, noch so gerade laufen zu können, meinte sie. Anschließend fanden weitere Untersuchungen statt, bei denen ich mich ausklinkte. Zuletzt begleitete ich Dana noch auf die Station, auf der sie über Nacht blieb und steckte ihr zehn Euro fürs Taxi zu, damit sie sich am nächsten Morgen nach Hause bringen lassen konnte. Ich wollte ihr nicht zumuten, sich in diesem Aufzug, in Strickjacke und Schlafanzug, auf die Straße zu begeben. Um halb eins legte ich mich schließlich schlafen. Das war gerade noch einmal gut gegangen, dachte ich.

Das Fotoshooting am nächsten Tag bei der Firma ION brachte ich angesichts der Ereignisse vom Vortag nur mit Mühe hinter mich. Ich brauche nicht zu erwähnen, wie untröstlich traurig ich war. Als Dana nach ihrer Ausnüchterung wieder zu Hause war, informierte sie mich darüber. Während einer Pause rief ich sie zurück. Erneut war sie zu diesem Zeitpunkt zumindest angetrunken. Ich weinte und brüllte sie an: „Weißt du eigentlich, auf welches Terrain du dich da begibst? Du hättest nach deinem Sturz das Bewusstsein verlieren und sterben können! Tu das nie wieder!" Sie versuchte mich zu beruhigen: „Hör auf zu weinen, ich bekomme das wieder hin." Am Abend war ihre Verfassung lange nicht so kritisch wie am Tag zuvor, und sie konnte sich auch mitteilen, dennoch war bei Weitem keine Entspannung in Sicht. Sie berichtete mir über die Untersuchungen am Morgen, wobei ihr angeboten wurde, dass sie sich in kritischen Fällen immer wieder an den psychologischen Notdienst wenden könne. Ihre Vorwürfe vom Vorabend, dass ich sie durch meinen Notruf in Bezug auf die Kinder in Schwierigkeiten gebracht hätte, zog sie zurück und beteuerte stattdessen, dass ich ihr vielleicht damit das Leben gerettet hätte. Eine der Stationsschwestern, so erzählte sie mir, sei die Mutter von Romans Klassenkamerad und würde die Sache völlig diskret behandeln. Außerdem habe sie, als sie ihren Sohn vom Kindergeburtstag abholte, wohl vernommen, dass ihr Verhältnis zu Clemens kein einfaches sei. Dana fluchte immer wieder: „Clemens ist ein Teufel! Er redet und schaut einen an wie ein Teufel!"

Tags darauf war der Geburtstag meines Onkels, zu dem ich eingeladen war. Das Geschenk für ihn, ein restauriertes Foto, welches meine verstorbene Tante und ihn in jungen Jahren in einem Sepia-Schleier zeigte, musste ich noch ausdrucken.

Ebenso wollte ich ein Passepartout schneiden, welches das Bild umschließt, und natürlich durfte ein schöner Holzrahmen dazu auch nicht fehlen.

Zusammen mit meinem Onkel, der Familie meiner Cousine und meinen Eltern begaben wir uns in ein feines Restaurant, welches sich dem Motto „Das Auge isst mit" verschrieben hatte. Das Essen dort schien überwiegend optischen Ansprüchen gerecht zu werden, nur satt wurde man davon nicht. Nachdem ich bei unserer Ankunft im Restaurant in der Tiefgarage geparkt hatte, rief mich Clemens an und erkundigte sich nach Dana. Ich berichtete ihm, dass die Situation unverändert kritisch war und bat ihn, zwischendurch nach ihr zu schauen, da ich nicht wusste, wann ich wieder zurück sein würde. Wenn etwas wäre, habe er ebenso einen Schlüssel zu ihrer Wohnung, fügte er hinzu. Er gehe jetzt erst einmal mit den Kids spazieren. Während des Essens erzählte Onkel Bernhard über eine amüsante Urlaubsaffäre.

Am folgenden Sonntag kümmerte ich mich ausschließlich um Dana und dachte dabei an Körperpflege für sie, ihr leibliches Wohl und ihre Wäsche. In meiner Wohnung frühstückte ich mit ihr und füllte meine Waschmaschine. Um die Mittagszeit bestand sie in sehr penetranter Art und Weise darauf, unbedingt einen angeblich vergessenen Scheck oder ein auszufüllendes Formular aus ihrer Wohnung holen zu müssen. Ich war tatsächlich so naiv, sie in ihrer Wohnung allein zurückzulassen, wo sie sich in Ruhe wieder zu ihrem gewohnten Pegel der letzten Tage trank. Dabei schnappte sie sich prompt die beiden Prosecco-Flaschen, die ich am Vorabend unter Fabians Kinderbettchen verstaut hatte. Währenddessen besorgte ich uns Essen beim

Inder und telefonierte kurz mit ihrem Exmann. Er erzählte, dass sie sich in kurzer Zeit Unmengen an Alkohol hineinschütten könnte. Also wusste ich eigentlich, was mich nun erwartete. Als ich sie abholte, bemerkte ich, dass sie von Minute zu Minute abbaute und kaum noch laufen konnte. Auf dem Weg zum Auto erschien sie mir so schwach, dass sie genauso gut hätte gleich zusammenbrechen können. Ich musste sie stützen. Sie war sehr ruhig, ihr Gesicht war aufgequollen, die schwarze Baskenmütze verdeckte ihre Haare und seit langem trug sie wieder ihre Brille. In meiner Wohnung schaffte ich es gerade noch so, ihr das Essen zu verabreichen. Danach schlief sie sofort auf dem Sofa ein, woraufhin ich sie in mein Bett trug. Während sie schlief, setzte ich mich unmotiviert an meinen Rechner und arbeitete an einem Bildcomposing für den Velda-Verlag. Dementsprechend ausbaufähig war auch das Ergebnis, denn die Vorrausetzungen für brauchbare Ideen waren an jenem Tag alles andere als gut. Ich bügelte ihre Wäsche, ehe sie langsam wieder auf die Beine kam und sich dann vor das Internet setzte, um den Stand ihres Bankkontos abzurufen. Sie wollte nachsehen, ob das Unterhaltsgeld endlich eingegangen war. Nun, der Betrag war noch nicht auf ihrem Konto gutgeschrieben.

Zum Wochenstart empfing ich gegen zehn Uhr von Dana eine alarmierende Nachricht. Jetzt wurde es kritisch, wirklich kritisch, dachte ich. Sie hatte nun erfahren, dass Fabian ihr entzogen wird und in Zukunft bei ihrem Exmann lebt. Sie sei am Boden und wisse nicht, wovon sie in Zukunft leben soll, schrieb sie mir. Anstatt sie zu beruhigen, zögerte ich mit meinem Rückruf und setzte mich mit Clemens in Verbindung. Er schilderte mir, wie er ihr gegenüber argumentierte: „Ich weiß so viele Dinge über dich, ich weiß von 2,85 Promille..." Statt draufzuhauen, dachte ich, hätte er ihr dies auch schonender beibringen können und vor allem diesen Promillewert vor ihr nicht erwähnen müssen.

Nachdem ich am Abend ihre beiden Nummern gewählt hatte und sie nicht ranging, kündigte ich mich per SMS an. Dana antwortete nicht. Als ich unten an der Haustüre klingelte, machte sie nicht auf, worauf ich irgendwo anders klingelte, um ins Haus zu gelangen. Wenn jetzt wirklich etwas passiert war, so konnte ich es auch nicht mehr abwenden, also Ruhe bewahren! Ich klingelte und klopfte an der Wohnungstür. Es blieb still. Ich rief nach ihr und klopfte nochmals. Schließlich kam sie und schloss die Wohnung auf. Nachdem es ihr ungefähr nach einer halben Minute gelungen war, mir die Türe zu öffnen, stand sie im Dunkeln. Die Tatsache, dass Fabian nun weg war, hatte auch ihr Herz berührt und sie verfiel in einen heftigen Weinkrampf. Minutenlang drückte ich sie fest an mich. In der abgedunkelten Wohnung stolperte ich über vier 1-Liter-Flaschen billigsten Proseccos, den sie sich für insgesamt 8,- Euro beim Discounter gekauft hatte. Wollte sie diese vier Prosecco-Flaschen jetzt und alle auf einmal trinken? Dann bin ich gerade noch einmal rechtzeitig gekommen, dachte ich, und schüttete später den Inhalt dieser Flaschen in meiner Wohnung ins Spülbecken.

Da sie den Tag über noch nichts gegessen hatte, kehrten wir beim Inder ein. Das Personal hinter dem Buffet sah uns mit sorgenvoller Miene an. Nachdem wir schon ein paar Mal dort eingekehrt waren, kannten sie Dana bereits und hatten schnell bemerkt, dass mit ihr etwas nicht stimmte. So wie sie torkelte und ich sie stützen musste, blieb das in unserer Umgebung niemandem verborgen. Das aber störte mich in diesem Moment nur wenig. Nachdem wir Platz genommen hatten kam sie, wie zu erwarten war, sofort darauf zu sprechen, woher Clemens über ihren Promillewert Bescheid wusste. Sie habe deshalb in der Notaufnahme angerufen und zur Antwort bekommen, dass darüber absolute Schweigepflicht bestehe. Ich erzählte ihr, dass ich es war, der Clemens darüber informiert hatte. „Wie oft hast du angerufen?" fragte sie nach. Ich log und antwortete: „Einmal." „Und dann hast du ihm auch vom Promillewert erzählt?" Ich konnte mich nicht mehr beherrschen: „Ja zum Donnerwetter hab ich, und wenn du willst, dann verklag mich doch!" Während des Essens entfachte sich zwischen uns ein ziemliches Wortgefecht, wobei sie sich immer wiederholte: „Was geht denn den das an?" In ihrer Wohnung beruhigte sich der Konflikt wieder und sie bat mich, ihn am nächsten Tag anzurufen, um dies zu revidieren.

Meiner Anregung folgend hatte Dana beschlossen, sich an ihren Laptop zu setzen, um darüber zu schreiben was sie bedrückte. Ich sah das als eine gute Alternative an, damit sie wieder in die Spur finden konnte. Auf dem Weg zur Arbeit erhielt ich von ihr eine SMS, die mich sehr optimistisch stimmte: „Dahlke schreibt in seinem Buch, dass es für jedes Schicksal eine Chance gibt, auch wenn es noch so 'bockelhart' ist. Danke für alles, was du für mich tust. Schön, dass du mir geschickt wurdest."

Später stellte ich aber zu meiner Enttäuschung fest, dass sie sich weiterhin dem Überverzehr von Prosecco hingab. Die zwanzig Euro „Essenszulage", die ich ihr am Morgen auf ihre Kommode gelegt hatte, lagen am Abend noch unangetastet an derselben Stelle. Nachdem wir zu Abend gegessen hatten, sprach sie mich wieder auf das Thema Kinder an. „Sobald ich mein Problem geregelt habe, gib mir noch bis zum Sommer Zeit, dann gehen wir die Familienplanung erneut an." „Ja, wir bekommen das schon in den Griff", brummelte ich teilnahmslos. Im Bett liegend unterhielten wir uns. Von einem langen Arbeitstag ermattet, fiel ich immer wieder in einen Dämmerschlaf, während sie ununterbrochen redete. Sie sprach davon, wie ich ihrer Vermutung nach tatsächlich über das Thema Familienplanung dachte. Sie erzählte mir, ich hätte im Halbschlaf dazu immer: „nein, nein, nein" gesagt. Wahrscheinlich wollte ich einfach nur meine Ruhe und ihr Geplapper wurde mir langsam zu viel.

Für den Fall, dass das Jugendamt vorbeikam, hielt ich ihr während der Tage ihre Wohnung in Schuss. Mindestens einmal pro Woche kam bis Ende April noch Herr Sifakis, ein Beauftragter dieser Einrichtung, für ein paar Stunden zu ihr zu Besuch. Immer wieder spekulierte ich auch darüber, inwieweit Clemens Anteil an ihrem unsteten Lebensstil haben könnte. Ich stellte mich dumm, tat so, als wüsste ich von nichts und fragte sie, ob er früher auch getrunken hätte, denn eigentlich wollte ich von ihr gern ein paar Details darüber wissen. „Ja, und wie!", gab sie zur Antwort. „Immer wieder ist er schon morgens stockbesoffen in die Praxis gegangen und schreckte nicht davor zurück, seinen Patienten willkürlich Morphium zu spritzen. Mein Bitten und Flehen, damit aufzuhören, hat er einfach ignoriert. Ich habe hierfür auch einen Zeugen. Nämlich seinen ehemaligen Steuerberater. Ich überlegte mir, ob ich mich mit diesem Herrn in Verbindung setzen und Clemens dafür nachträglich noch anzeigen sollte", erzählte sie. An wen zum Teufel war sie da geraten, fragte ich mich. Wenn das hier nicht gelogen war, ist das ein ganz schlechter Film, dem, wie ich meine, nichts mehr hinzuzufügen ist.

Zum Essen brachte ich Dana statt gewöhnlich Falafeln, einem Yufka oder Reisgerichten zur Abwechslung auch einmal eine ofenfrische Pizza vom Italiener mit. Unbeweglich, wie sie war, musste ich sie zum Tisch regelrecht hinzerren. Ich schnitt die Pizza in Stücke und verabreichte ihr das Essen, da sie nicht in der Lage war, dies selbstständig zu tun. Es war fürchterlich, die Essensreste klebten in ihren Haaren und sie selbst hing auf dem Stuhl stark zur Seite herüber. Sie äußerte sich immer wieder in einem Lachen, das sich untypisch für sie und in meinen Ohren richtig böse anhörte.

Im Büro musste ich noch dazu Überstunden schrubben und arbeitete an diesen Tagen häufig bis abends um sieben, da mir Frau Kohlbecker, die rechte Hand vom Chef, immer wieder, bevor sie ging, zu meinem Verdruss noch Terminaufträge auf den Tisch legte. So geschah es leider auch, dass ich Dana in den folgenden Tagen nicht mehr zum Essen bewegen konnte. Manchmal wunderte ich mich, wie sie es überhaupt schaffte, mich in die Wohnung zu lassen. Völlig vollgepumpt und erschöpft fand ich sie dann auf ihrem Bett liegend und kaum ansprechbar. An einem dieser Abende, als ich sie so vorfand, platzte mir der Kragen und ich informierte erneut Clemens darüber. Weiter vermittelte ich ihm, dass ich das Handtuch werfen wolle. „Dann ist sie mit Sicherheit an einem der nächsten Tage tot! Timm, ruf einen Rettungswagen. Sag ihnen, es liege eine hohe Eigengefährdung vor und es geht so nicht mehr weiter. Vielleicht werden die Ärzte dann endlich ein Einsehen haben und Dana in der Klinik behalten", meinte er dazu. Natürlich wäre ich niemals weggegangen. Im Gegenteil, am liebsten hätte ich sie zu dieser Zeit den ganzen Tag nicht mehr aus den Augen gelassen. Da ich sehr an ihr hing, wollte auch ich sie unbedingt in Sicherheit wissen!

Sah Clemens für Dana eine Einweisung in die Psychiatrie als die einzige Alternative? Immerhin ging es um ihr Leben. Ein Arzt des Sozialpsychiatrischen Dienstes hätte die Unterbringung in einer psychiatrischen Klinik, auch gegen ihren Willen, vorläufig anordnen können bis ein Richter zeitnah auf Grundlage seiner Stellungnahme darüber entschied, ob sie für einige Tage dort hätte bleiben müssen. Ich wünschte mir dass es nicht soweit käme, denn das was Dana dort erwartet hätte wäre grauenvoll gewesen. Die Ärzte hätten sie mit Medikamenten vollgepumpt – ich nenne das chemische Gewalt – und es wären möglicherweise Monate vergangen, ehe Dana wieder in ihr alltägliches Leben hätte zurückkehren können.

Nichts von der Leichtigkeit, der Magie, wie sie während der Vorweihnachtszeit und nach dem Jahreswechsel zwischen uns war, war übriggeblieben. Nein, Dana schien in ihrer Gemütslage völlig isoliert zu sein. Jene Abende waren düster, getränkt von Melancholie und Traurigkeit. Ich fühlte mich auf einmal so, als hätte ich es mit einem gebrochenen und schwerkranken Menschen zu tun, für den ich es während dieser Phase als meine Aufgabe angesehen hatte, ihn am Leben zu erhalten. Manchmal aber hatte ich das Gefühl, schreien zu wollen! Es war, als ob ein geliebter Mensch vor mir verblutete und ich wusste nicht, wie ich die Blutung stoppen konnte. Sie schien ihr Schicksal herausfordern zu wollen, denn lange würde sie das nicht mehr durchhalten, dachte ich. Wenn sich nicht bald etwas an ihrem seit Tagen anhaltenden exzessiven Trinken ändern würde, würden irgendwann die Organe aussteigen. Exitus der Leber. Es ist nur eine Frage der Zeit, bis sich abends die Tür dann nicht mehr öffnet. Ich fing an zu resignieren und redete mir ein, einfach machtlos zu sein, wenn sie nun dazu entschlossen war, sich selbst zu zerstören. Ich konnte also nichts weiter für sie tun, als sie, wie bisher, abends zu umsorgen.

Aus heutiger Sicht und wenn ich geahnt hätte, dass Clemens sich die ganze Zeit so passiv verhalten würde, hätte ich ihn wahrscheinlich außen vor gelassen. Sein Argument dazu hörte sich etwa so an: „Wie sollte ich Dana denn helfen? Sie ist für sich selbst verantwortlich! Ich habe jetzt beide Kinder bei mir, ich arbeite, halte die Wohnung in Schuss und die Miete dafür ist enorm." Dennoch war ich der Ansicht, dass man sie in solchen Phasen nicht die ganze Zeit über allein lassen konnte. Im Grunde genommen erwartete ich von seiner Seite auch nicht viel, außer dass er ihr hin und wieder etwas zum Essen vorbeibringt oder einen Einkauf für sie tätigt und insgesamt dabei eben nicht gänzlich wegsieht, sondern sich einen Eindruck darüber verschafft, in welcher Verfassung sie eigentlich war.

Dana war nämlich nicht mehr in der Lage, sich selbst zu versorgen, denn es funktionierten nicht einmal die primitivsten Dinge wie zum Beispiel das Aus- und Anziehen und das Waschen. Außerdem kam hinzu, dass sie auch die Nahrungsaufnahme vernachlässigte. Ehrlich gesagt wunderte ich mich, wie sie so etwas bisher immer wieder überlebt hatte, denn ich konnte mir nicht vorstellen, dass ein Mensch, der sich über knapp zwei Wochen fast täglich bis an das Limit trinkt, dies unbeschadet überstehen kann. Mit etwas Pech hätte das zu einer Alkoholvergiftung oder zur Bewusstlosigkeit mit Aussetzung der Atmung führen können. Bestimmt nahm das Dana alles ganz anders wahr und beurteilte es für sich selbst längst nicht so dramatisch wie ich als Außenstehender.

In gewisser Hinsicht registrierte das auch Clemens und sprach von einer hohen Eigengefährdung. Ich weiß nicht, wie sich das in der Vergangenheit abgespielt haben mag, ob er sich dabei ähnlich ignorant verhalten hat wie dieses Mal. Wenn dem so war, dann frage ich mich, weshalb er die Mutter seiner Kinder in solchen Momenten immer wieder ihrem Schicksal überlassen hatte. Letztendlich plante er, einen Rechtsanwalt einzuschalten und versprach sich davon ein Ende des Wahns. Anfangs vermittelte er mir irgendwie ein Gefühl des Vertrauens, später kam er mir dann aber zunehmend seltsamer vor. Wie sich also für mich herausstellte, hatte ich mich schrecklich getäuscht.

Häufig fühlte ich mich in diesen Tagen an meine verstorbene Schwester erinnert. Dorothea, für die diese Welt zu kalt war und die für sich zuletzt keine andere Option mehr gesehen hatte, als wegzugehen, litt viele Jahre unter Magersucht und wurde nur neununddreißig Jahre alt. Ihre fortdauernde Suchtkrankheit forderte nach Jahren ihren Tribut durch diverse Begleiterkrankungen, die ihr gegen Ende viele schreckliche körperliche und auch seelische Qualen bereiteten. Ihre Hilfeschreie über all die Jahre wurden zwar nicht immer verstanden, wohl aber ernst genommen, denn es wurde innerhalb meiner Familie darüber häufig diskutiert. Sogar ein Psychologe von der Universitätsklinik wurde herangezogen und alle Beteiligten waren sich damals einig, sie hart anzufassen. Es ist erstaunlich, dass erst nach ihrem Freitod damit begonnen wurde, vieles neu zu hinterfragen und aufzurollen. Nun, dafür war es längst zu spät! Ich kann es nicht mit Sicherheit sagen, aber es ist durchaus möglich, dass sich seither in meinem Unterbewusstsein meine Empfindungen sowie mein Umgang mit so einer Sache auch verändert hatten.

Eine weitere Sache aus meiner Jugendzeit hat mich bis heute weitgehend vom Alkohol abgehalten und auch abgeschreckt. Die Nachbarin meiner Eltern, früher eine begabte Sopran-Sängerin, trank damals schon seit mindestens fünfzehn Jahren. Sie war erst in den Vierzigern, als ich immer wieder mit Entsetzen ihren körperlichen Verfall zur Kenntnis genommen hatte und als vor allem auch ihr Mann mit ansehen musste, wie sie schließlich zum Pflegefall wurde. Das eine oder andere Mal parkte auch der Rettungswagen vor dem Mietshaus, in dem sie wohnte, bis irgendwann jede Hilfe zu spät kam.

Nach alldem, was Clemens mir über Dana erzählt hatte, wusste ich nicht, über wie viele Jahre sie schon trank. Es mag sich für mich als Außenstehender jetzt sehr einfach anhören, aber ich dachte, dass man darum bemüht sein sollte, solange die Chance für sie noch besteht, ihr Hilfe zur Selbsthilfe anzubieten. Sie war damals zwar erst zweiunddreißig Jahre alt, aber irgendwann verträgt der Körper diesen unsteten Lebensstil nicht mehr. Unabhängig davon, wie mein Verhältnis zu Dana heute ist, so hoffe ich weiterhin, dass sie zukünftig keine Langzeitschäden davonträgt, die sie für den Rest ihres Lebens beeinträchtigen würden. Es wäre tragisch, auch im Hinblick auf ihre Kinder, denn sie brauchen eine Mutter, die gesund ist. Was wäre, wenn sie stürbe? Das war ebenso die Befürchtung von Clemens. Wie würde er das dann seinen Kindern beibringen? Wie würden sie damit zurechtkommen? Eine häufige Erkrankung infolge von Alkoholismus ist Bauchspeicheldrüsenkrebs. Bestenfalls lebt ein Mensch nach einer solchen Diagnose noch ein Jahr.

Sehr offen sprach Clemens mit mir über seine Gefühle von der Zeit, als Danas Leben, wie er es formulierte, am seidenen Fanden hing. Während er erzählte, hatte er Tränen in den Augen. „Kannst Du dir vorstellen, wie mir zumute war, als Dana für Tage auf der Intensivstation lag und ich mit der Ungewissheit leben musste, ob sie überhaupt durchkommen wird? Als jeden Augenblick ein Anruf aus der Klinik kommen konnte und sie mir mitteilen, dass sie nicht mehr zu retten war?"

In jenen Tagen hatte ich einen Eindruck davon bekommen, wie traumatisierend solche Erlebnisse auf einen Lebenspartner wirken können. Ich konnte nun einschätzen, welche Sorgen und Ängste auch mein Schwager, also Dorotheas Ehemann, damals aushalten musste, als er immer wieder mit ihren Selbstmordabsichten konfrontiert wurde. Oder als sich Dorothea oft, nach Einbruch der Dunkelheit mit ihrem Stirnlämpchen auf den Weg machte wie sie stundenlang durch die Wälder streifte und er sich dabei nicht sicher sein konnte, ob sie überhaupt wieder zurückkehren würde.

Beiläufig sagte Dana einmal zu mir: „Vielleicht ereilt mich während der kommenden Jahre dasselbe Schicksal wie meine Mutter". Niemals, so dachte ich, niemals dürfte es so weit kommen!

ZWÖLF

UMKEHR

Wieder diese Überstunden! Kurz bevor ich üblicherweise
Feierabend machte, bekam ich noch ein paar Produkte zum
Fotografieren hingelegt. Dana schien beunruhigt, da es schon
relativ spät war: „Wann kommst du? Ich mache mir Sorgen",
schrieb sie mir. Diese Worte fühlten sich für mich irgendwie
ganz anders an, als ich das bisher von ihr kannte und deshalb
war ich gespannt auf das, was mich nun erwartete.

Ich traf im Vergleich zu den Vortagen eine ausgetauschte
Person an. Wahrscheinlich hatte sie nachgedacht war sich
darüber bewusst geworden, was sie sich in all den Tagen eigentlich angetan hatte. Ihr war klar, dass es nun höchste Zeit
war, auf die Bremse zu treten. Vielleicht stellte sie sich selbst
vor die Wahl: „Entweder betätige ich weiterhin solange den
Selbstzerstörungsknopf, bis ich mich endgültig von dieser Welt
verabschiede, oder ich zeige es jetzt allen noch einmal und
bekomme die Kurve."

Dana entschied sich für Letzteres. Sie war nüchtern, hatte
ihre Haare gewaschen und immer wieder zeigte sich in ihrem
Gesicht auch ein Lächeln. Sie war zurück! Meine Gefühle der
Freude und Erleichterung darüber waren unbeschreiblich. Ich
empfand, als wäre sie aus dichten Nebelschwaden, in denen
sie sich verlaufen hatte, nach tagelangem Umherirren auf einmal wieder aufgetaucht. Am liebsten hätte ich sie minutenlang
einfach nur umarmt.

Da es ihr nun wieder etwas besser ging, beschloss ich auch mal wieder, mit meinen Freunden auszugehen, obwohl mir in diesem Moment überhaupt nicht danach war. Wir legten uns noch etwas hin, bevor ich meine „Spezies" traf. Sie zeigte mir an diesem Abend selbstgemalte Bilder aus ihrer Therapiezeit in Johanneskirchen, die Selbsterkenntnis zum Ziel hatten. Sie skizzierte damals auch die Umstände ihrer Zeugung. Aus ihrer Zeichnung ging hervor, dass zum Beispiel ihre Mutter dabei längst nicht so unbeschwert und unbefangen war wie ihr Vater.

Bevor ich mich am Folgetag auf den Weg zu Dana machte, um sie abzuholen, meldete sich Clemens bei mir und berichtete, dass es ihr bereits besser ginge und sie sogar wieder gelacht habe. Er schlug vor, dass wir uns einmal zusammen mit ihr treffen könnten, aber ich wusste, dass sie darin nichts als Ironie sehen und dafür nur Hohn übrig haben würde.

Sie war noch sehr geschwächt. Durch die ersten Entzugserscheinungen zitterten ihre Hände stark, das Gesicht war aufgequollen und der Bauch hatte sich gebläht. Mit Ernüchterung nahm sie auch zur Kenntnis, was insgesamt über sie hereingebrochen war und was seit Wochen so alles im Argen lag: Der gesamte bürokratische Wust, dabei dachte sie insbesondere an die offenen Rechnungen und Mahnungen. Das kleinere Übel waren einige Bücher, die sie sich ausgeliehen hatte und längst hätte zurückgeben müssen. Nachdem sie mir erzählte, wo der Schuh am meisten drückte, hob ich am Nachmittag dreihundertfünfzig Euro für sie ab, um einen Teil ihrer Schulden zu bezahlen. Von meiner Seite war das zu jener Zeit auch machbar, da ich, bedingt durch mein zusätzliches Einkommen über meine Nebenprojekte, in finanzieller Hinsicht wesentlich besser aufgestellt war, als vergleichsweise im Jahr zuvor. Diese Schulden wollte sie zu Beginn der folgenden Woche zumindest in Raten bezahlen.

Dana zeigte nun einen unglaublichen Willen und es war bemerkenswert, wie schnell sie wieder in Tritt kam. Es ging ein Ruck durch sie und sie entschloss sich zu einer Therapie, mit der sie baldmöglichst beginnen wollte. Dabei ging es ihr primär darum, Fabian bald wieder zurückzubekommen, wofür sie diverse Auflagen erfüllen musste. Infolgedessen recherchierte sie im Internet darüber, was für sie geeignet sein könnte. Sie machte die Wahl des Psychologen hauptsächlich davon abhängig, wie schnell sie einen Therapieplatz bekommen würde.

Bis zum Wochenstart blieb sie in meiner Wohnung. Immer mal wieder drang ihre Bedrücktheit und Verzweiflung durch, weil sie Fabian nun sehr vermisste und zusätzlich möglicherweise den Anspruch auf Unterhalt verlieren könnte. Mit Wehmut erzählte sie mir auch von ihrer letzten Begegnung mit ihm, der, während sie sich von ihm verabschiedete, schrecklich geweint habe. „Im Herzen bin ich immer bei dir", hatte sie ihn getröstet.

Wie labil und übersensibel sie in diesen Tagen war, bekam ich zu spüren, als ich zwischendurch eine meiner Lehr-DVDs ansehen wollte. Davon abgesehen, dass sie die Thematik nicht interessierte, stellte sie gleich alles infrage: „Gibt's denn gerade nichts Besseres als deine Filmchen zu gucken? Ich habe mir schon meine Gedanken gemacht, ob du überhaupt familientauglich wärst. Genauso gut könntest du doch auch weiterhin darauf verzichten und deine Egotrips schieben." Beleidigt legte sie sich ins Bett und zog die Decke über den Kopf.

Stunden später entschuldigte sie sich für diesen Ausrutscher und gab zu bedenken, dass sie für mich eine Belastung darstellte, worauf ich aber nicht weiter einging. Sie brachte zwar einige Probleme in unsere Beziehung hinein, gehörte aber nicht zu jenen Menschen, die einen Partner vorsätzlich quälen, wie ich es schon einmal erlebt hatte. Jeder hat irgendwie sein Päckchen zu tragen und mit ihrem konnte ich leben. Im Wesentlichen erlebte ich sie eigentlich als einen angenehmen und zugänglichen Menschen, auch wenn ich ihr gegenüber während einer Streitsituation das Gegenteil behauptet hatte. Unausgeglichen und in ihren Launen schwankend zeigte sie sich meistens dann, sobald sie mit ihrem Exmann in Kontakt gekommen war.

Rückblickend auf die letzten Tage sprach ich mit ihr über meine Erschöpfung, woraufhin sie unterstrich, dass ich ungeheure Kräfte freigesetzt hätte. Irgendwie wollte sich aber die innere Anspannung in mir noch nicht lösen. Ich fühlte mich vergleichsweise wie mit einem Burnout: müde, nervlich verschlissen und ausgezehrt und ich verspürte immer wieder Stiche in der Herzgegend. Als ich abends vor dem Einschlafen etwas lesen wollte, schlief ich mit dem Buch in der Hand ein.

Zwischenzeitlich erhielt ich von meiner Freundin Karen eine E-Mail mit dem Inhalt, dass sie immer noch sehr allein sei und die Freundschaft zu mir vermisste, die nach unserem Disput im vergangenen Herbst eingeschlafen war. Ich fand es sehr nett von ihr, sich wieder bei mir zu melden. Selbst hätte ich wohl nicht den Mut dazu gehabt, denn schließlich war ich derjenige, der unsere vorübergehende Funkstille herbeigeführt hatte. Auch mein Brief, der ins Persönliche ging, hatte ihr damals sehr wehgetan. Ich entschuldigte mich bei ihr und wir betrachteten unseren Konflikt vom vergangenen Herbst als beigelegt. In meiner Antwortmail nahm ich auch kurz Bezug auf Dana:

"Ich bin nun seit fast vier Monaten mit Dana zusammen. Die Beziehung hat seine Höhen und Tiefen, ist aber im Wesentlichen sehr intensiv und herzlich. Momentan macht sie eine Phase durch, die für sie nicht einfach ist, aber ich werde, sofern sie es zulässt, voll zu ihr stehen!"

In der Tat verliefen die Tage, nachdem sich Dana wieder etwas erholt hatte, bis zur bevorstehenden Gerichtsverhandlung recht harmonisch. Die Ereignisse der letzten zwei Wochen, so schien es zumindest, hatten uns noch mehr zusammengeschweißt. Mit der Zeit hätten wir das vielleicht miteinander hinbekommen, aber davon hatten wir nicht mehr viel. Je weniger Zeit uns noch blieb, desto intensiver wurde unser Verhältnis und wir unternahmen an einem der letzten Sonntage zum ersten Mal einen kleinen Ausflug. Passend zur sich ankündigenden Schönwetterphase hätten wir noch viel Interessantes unternehmen können. Ich stellte mir zum Beispiel kleinere Wanderungen und Besichtigungstouren vor oder mit ihr zusammen auf der Staffelei ein Bild zu malen. Eigentlich konnte ich mir kaum vorstellen, dass es nun mit uns in absehbarer Zeit zu Ende gehen würde. Ich versuchte mich zwar innerlich darauf vorzubereiten, wollte es aber im Grunde nicht wahrhaben.

Meine Mutter hatte Geburtstag. In einem ortsansässigen Lokal eines früheren Schulfreundes kehrte ich mit meinen Eltern zum

Essen ein. Da es ein relativ warmer und schöner Frühlingsabend war, unternahm ich anschließend mit Dana von ihrer Wohnung aus durch den nahegelegenen, weitläufigen Luisenpark noch einen Spaziergang. Im Hinblick auf die ernsten Themen, über die wir nun sprachen, schien sie überraschend gut gelaunt zu sein. Wir beschäftigten uns auch mit dem Härtefall. Bei einer möglichen Privatinsolvenz erklärte ich mich bereit, ein paar ihrer Wertgegenstände wie beispielsweise die Stereoanlage und den Fernseher, bevor der Gerichtsvollzieher zu ihr kommen würde, in meiner Wohnung zu bunkern. Vermutlich hatte sie ihr TV-Gerät nicht einmal angemeldet. Außerdem müsste sie ohnehin aus dieser Wohnung ausziehen und sich wahrscheinlich irgendwo ein Zimmer als eine neue Bleibe suchen. Eine Alternative, um Hungersnöten zu entgehen, würde eventuell „die Tafel" sein, außerdem würden diverse Bons ausgegeben werden, um Grundnahrungsmittel und Hygieneartikel besorgen zu können. Da ich bisher von einer Extremsituation wie dieser verschont geblieben war, hörte sich das für mich so an, als ob wir uns in der Zeit nach dem zweiten Weltkrieg befinden würden, als Lebensmittelkarten ausgegeben wurden, um den allgemeinen Mangel besser verwalten zu können.

Clemens, immer wieder Clemens! Ich ärgerte mich darüber, dass sie mir erneut Storys aus ihrer Vergangenheit mit ihm auftischte, obwohl wir vor ein paar Tagen beschlossen hatten, nicht mehr zurückzublicken, sondern uns mit dem „Ist-Zustand" zu beschäftigen. Nachdem wir vom Spaziergang zurückgekehrt waren, herrschte deshalb eine ungute Stimmung zwischen uns. Diesmal erzählte mir Dana aus dem Intimleben mit ihm, als er während des Geschlechtsverkehrs mit ihr von anderen Frauen schwärmte. Das versuchte ich anschließend in theatralischer Weise nachzuahmen, worauf sie sich verspottet fühlte. Gewiss, so hätte ich nicht reagieren dürfen, denn dieses Erlebnis, von dem sie erzählte, war schon genug der Demütigung für sie. Natürlich fand ich das abartig, aber was sollte ich ihr daraufhin auch sagen? Sie wurde richtig wütend, ja fast schon ausfällig, was mich dann auch hochkochen ließ, denn ich war es nun gründlich leid, mal wieder als „seelischer Abfalleimer" für sie herzuhalten. Sie wiederum verärgerte meine insgesamt skeptische Haltung zu ihren Schilderungen über ihn.

Wie viele gemeinsame Wochenenden werden wir wohl noch miteinander haben, überlegte ich. Vielleicht zwei, oder sogar doch noch einen ganzen Monat? Wenn uns aber nur noch dieses Wochenende bleiben würde, dann wollte ich es uns auf jeden Fall nett machen. Nachdem ich ihre Wohnung betreten hatte, berichtete sie mir, dass es aufgrund eines Gerichtsbeschlusses eine verbale Auseinandersetzung mit Clemens gegeben hatte. Hierbei ging es um seine Handgreiflichkeiten ihr gegenüber, wofür ihm eine Geldstrafe und eine einstweilige Verfügung auferlegt worden waren. Offensichtlich, um der Sache Wind aus den Segeln zu nehmen, rief er sie, als ich noch in ihrer Wohnung war, an und wollte sich zunächst mit ihr zu einem Basketballspiel verabreden. Sie sagte ihm mit der Begründung ab, bereits ein Treffen mir mir vereinbart zu haben. Er blieb hartnäckig und wollte uns beide nun einladen, aber es half nichts, denn sie wies ihn erneut ab: „Nein, Du wirst Timm schon noch kennenlernen." Während des Telefonates erwähnte er, dass er sich zukünftig nicht mehr am Leid anderer hochziehen wolle. Dies hörte ich zufällig auch, da ich direkt neben ihr stand und es klang in meinen Ohren makaber. Gab es ihm etwa einen „Kick", wenn es ihr schlecht ging? So nach dem Motto: „Na, so dreckig geht es mir gar nicht, wenn ich sehe, wie sie gerade durchhängt".

„Der würde am liebsten wieder zu mir zurückkommen, da bräuchte ich nur mit den Fingern zu schnippen. Er versicherte mir auch, dass er sich inzwischen in seinem Verhalten geändert habe", bemerkte sie nach dem Telefonat.

In meiner Wohnung überkam Dana ein befremdendes Gefühl, da Fabian nicht mehr dabei war. Sein Kinderbett stand nach wie vor noch verwaist in meinem Schlafzimmer. Ihre Bedrücktheit übertrug sich auch auf mich, weshalb ich das Kinderbett sofort im Keller verstaute. Kurze Zeit später rief Clemens erneut bei ihr an und ich schlug schließlich vor, seiner Einladung doch zu folgen, worauf sie geradezu ausflippte, als ob dadurch ein Überdruckventil geöffnet worden sei. „Wie komme ich mir denn vor? Das wäre doch absolut unglaub-würdig! Der hat bereits ein Näherungsverbot und wenn ich mit dem jetzt noch mein Privatleben teile, ist es für ihn ein Leichtes, die Sache so hinzudrehen, wie er es braucht", schrie sie mich an. "Ich kann diese Geschichten langsam nicht mehr hören", unterbrach ich sie. Sie drehte sich in meine Richtung und sprach in normaler Tonlage: „Wir können es auch lassen!" So einfach ist das also für dich, dachte ich und versuchte, anstatt weiter auf diesem Thema „herumzutreten", sie zu besänftigen.

Nachdem sich Dana wieder beruhigt hatte, nutzten wir das schöne Wetter wieder mal zu einem Spaziergang durch den Luisenpark, mit Zwischenstops an der Klangoase, der Sonnen-terrasse und dem Teehaus im Chinesischen Garten, um uns auf andere Gedanken zu bringen.

Am Abend rief ihre Schwester an. Mit Tereza, der ältesten ihrer Geschwister, hatte sie das beste Verhältnis und die beiden tauschten sich auch immer regelmäßig aus. Sie war besorgt über das, was sich während der vergangenen Wochen zugetragen hatte und erkundigte sich nach ihr. Clemens hatte sie also davon in Kenntnis gesetzt. Immerhin! Die beiden unterhielten sich lange auch über familiäre Angelegenheiten wie etwa die Verlängerung der Grabstätte ihrer Mutter. Außerdem lud uns Tereza zu ihrem vierzigsten Geburtstag, der in zwei Wochen sein sollte, ein.

Den Sonntagnachmittag füllten wir mit einem kleinen Ausflug. Wir fuhren nach Speyer, ein beschauliches, mittelalterliches Städtchen, wo wir uns die Kathedrale ansahen, durch die Fußgängerzone der Altstadt gingen und einen Kaffeestop einlegten. Als krönenden Abschluss peilten wir einen Museumsbesuch an. Die laufende Wikinger-Ausstellung dort erschien mir im Hinblick auf die hohen Eintrittspreise und die kurzen Öffnungszeiten am Sonntag aber nicht als lohnenswert. Auf der Rückfahrt machten wir einen Umweg, ein Abstecher zu einem Gasthof, den ich mit meinen Freunden immer mal wieder am Wochenende aufsuchte: den Adamshof, benannt nach dem Besitzer aus der ersten Generation Adam Müller, der in seinem Ambiente einen Hauch vom Flair des Münchner Oktoberfestes hat. Die Location besteht aus einer großen Halle mit einem Zeltdach, in der eine große Bühne aufgebaut ist, auf der entweder diverse Kapellen spielen oder Sketche und andere Bühnenshows aufgeführt werden. Wir fanden eine nette Atmosphäre darin vor. Ausgelassene Fröhlichkeit mischte sich mit Rock-'n'-Roll-Musik unter fast allen Altersklassen.

Nach unserem ersten doch recht unterhaltsamen und abwechslungsreichen gemeinsamen Ausflug folgte wieder, wie so oft während dieser Tage, eine Session im Internet, und von meiner Neugier getrieben begaben wir uns dabei auf eine Reise in ihre Vergangenheit. Mich interessierte ihr damaliges Zuhause, wo und wie sie aufwuchs, welche Wege sie gegangen war, und dabei zoomte ich auch Örtlichkeiten in Google-Maps heran. Aber wir beschäftigten uns ebenso mit ihrer gegenwärtigen Situation und blieben auf Seiten hängen, die für sie informativ und relevant waren. Angesichts ihrer Lage fürchtete sie, dass ich „sowieso in absehbarer Zeit die Biege machen würde", worauf ich ihr androhte: „Wenn es noch mal zu solchen Exzessen kommt wie während der letzten Wochen, dann ja." Sie konterte: „Vielleicht gehst du ja auch von dir aus."

Was ich da gesagt hatte, war eigentlich für mein Verhalten untypisch. Ich hätte mich gerade dann für sie ins Zeug gelegt. Wenn sie damit einverstanden gewesen wäre, hätte ich sie auch bei mir aufgenommen. Mir war jedoch bewusst: Sobald sie erfährt, dass ich sie in ihren Augen praktisch „verraten" hatte, würde mein Angebot sicher auf taube Ohren stoßen.

Der Psychologe, bei dem sie sich nun zum Wochenstart in Behandlung begab, war der einzige im Umkreis, bei dem sie unmittelbar einen Termin bekam. Nach der ersten Sitzung bei ihm schrieb sie mir und bat mich, ihr Informationen über das Medikament „Antabus" auszudrucken. Es ist ein Medikament, das die Alkoholabhängigkeit bekämpft.

Am Abend erzählte sie mir über die Sitzung bei ihm und sprach von dem bevorstehenden Termin beim Sozialamt, bei dem es unter anderem um ihre Existenz gehen sollte. Sie ärgerte sich über den Psychologen, der ihr anscheinend dreiste Fragen gestellt hatte wie: „Was wollen Sie denn hier?" Sie mochte ihn auch deshalb nicht, weil er darauf bestand, dass sie das Medikament Antabus nehmen sollte. „In einem viertel Jahr trinken Sie wieder", hatte er ihr zu bedenken gegeben.

Auf ihrem Sideboard entdeckte ich einige Fotos der Familienfeier anlässlich des sechzigsten Geburtstags ihres Vaters in Tschechien und ließ mir die Personen auf den Bildern von ihr erklären. Sie schilderte mir dabei, welche Wege ihre Geschwister eingeschlagen hatten. Auf dem Bild war sie selbst mit schulterlangen Haaren zu sehen und sie trug den zum damaligen Zeitpunkt fünf Monate alten Fabian auf dem Arm. Sie strahlte auf allen Bildern Stolz und Zufriedenheit aus, so nach dem Motto „Hier bin ich!" Ihr Vater wirkte in seiner kräftigen Statur, umgeben von seinen Kindern und Enkelkindern, optisch wie ein Leithammel. Mit der zweitältesten Schwester Ivana hatte sie kein allzu gutes Verhältnis. Sie war wohl neidisch, nachdem Danas Sohn Roman geboren war und distanzierte sich seither immer mehr von ihr. Sie lebte momentan mit einem Diätkoch zusammen, erzählte Dana.

Dana schlug sich die Zeit mit DVD-Schauen tot. Teilweise hatte sie sich sogar schon kitschige Streifen ausgeliehen, mit Ausnahme des Filmes "Der Baader Meinhof Komplex", den wir uns zusammen ansahen. Mir war dieser Film bereits bekannt, und so schlief ich ungefähr in der Mitte mal wieder ein. Im Dämmerschlaf vernahm ich nur noch das Geballere der RAF-Terroristen.

Herr Sifakis, der Beauftragte vom Jugendamt, war für Dana die Bezugsperson, die sie mindestens einmal pro Woche für ein paar Stunden besuchte und ihr auch in organisatorischen sowie existenziellen Fragen zur Seite stand. Er begleitete sie ebenso zu dem Termin beim Sozialamt. Unmittelbar danach gab sie per Kurznachricht Entwarnung: Sie könne weiterhin in der Wohnung bleiben. Herr Sifakis gab ihr auch den Anstoß, zukünftig ihre Schulden nicht mehr bei ihrer Privatbank zu bezahlen, sondern eine Privatinsolvenz anzumelden. Bei einer Staatsbank wie der Sparkasse zum Beispiel könne sie dennoch ein Konto eröffnen. Ich rätselte, was sie nun mit meinem Geld anfangen würde, das ich ihr gegeben hatte, um teilweise ihre Schulden zu bezahlen.

Clemens gab sich euphorisch: „Endlich! Endlich bekennt sich Dana nach rund dreizehn Jahren zum ersten Mal zu ihrer Alkoholabhängigkeit. Das ist der erste Schritt zur Besserung." Es war auch ersichtlich, dass sie zur Umkehr bereit war und Taten folgen ließ: Sie schloss sich nun doch den Anonymen Alkoholikern an. Diese Option ist besser als jede Psychotherapie, da man sich in einer Selbsthilfegruppe wie dieser viel besser austauschen und motivieren kann.

Vor dem Einschlafen berichtete sie von einzelnen Schicksalen bei den Anonymen Alkoholikern. Einer von ihnen habe trotz seiner phasenweise schweren Alkoholsucht ein nahezu perfektes Doppelleben geführt: zum einen das Leben eines gut aufgestellten Unternehmers, zum anderen das eines Dahinvegetierenden in der Abhängigkeit.

Jetzt ist es also soweit, dachte ich, denn nun stand der Gerichtstermin mit Clemens an. Er wollte das alleinige Sorgerecht für Fabian. Gerade noch rechtzeitig konnte Dana einen Verteidiger für sich gewinnen, wobei ihr Prozesskostenhilfe bewilligt wurde. "Das dürfte es dann mit uns gewesen sein", befürchtete ich. Schließlich wurde ich dabei als Zeuge geführt. Mir schlug das auf den Magen. Am Abend vor dem Verhandlungstag ging es mir nicht gut und ich verspürte Magenkrämpfe, wie so häufig in Momenten, in denen ich mich aufregte.

DREIZEHN

ZERWÜRFNIS

Der Gerichtstermin, über den wir während der letzten Tage häufig gesprochen hatten, war auf den 27. März festgelegt und begann bereits um neun Uhr. Schon nach dem Aufstehen gab es erste Irritationen, als ich zugab, Clemens mehrmals angerufen zu haben. „Dreimal habe ich angerufen", fügte ich hinzu. Erneut wollte sie wissen, wie lange und worüber ich mit ihm gesprochen hatte. Sie war verständlicherweise nervös: „Mein Gott, was habe ich jetzt noch an Überraschungen zu erwarten?" Sie schminkte sich flüchtig und war auch nicht übermäßig gestylt für diesen Termin. Ich setzte sie vor dem Gebäude des Amtsgerichts, wo die Verhandlung stattfand, ab.

Wegen meiner Magenkrämpfe ging es mir nicht gut und ich sagte das Fotoshooting bei der Firma ION ab. Vielleicht tat die Dramatik dieser Sache noch sein Übriges, denn ich sah meine Felle davonschwimmen. Vermehrt dachte ich an den möglicherweise für Dana unguten Ausgang der Verhandlung. Clemens würde keine Gelegenheit auslassen, um ihr Fabian zu entreißen, das erschien mir sonnenklar. Nach all den Vorkommnissen und Eskapaden, die sie sich in der Vergangenheit geleistet hatte, kannte er nun kein Erbarmen mehr. Ich steigerte mich in meinem Kummer so sehr in diese Angelegenheit hinein, dass ich neben der Tatsache, dass unsere Beziehung damit gelaufen sein würde, ebenso ein unschönes Nachspiel fürchtete. Würde das Gericht zu ihren Ungunsten entscheiden, könnte man wohl letztendlich mich so hinstellen, als hätte ich ihr das Genick gebrochen. Eigentlich brauche ich mich ab jetzt am besten nicht mehr bei ihr zu melden, dachte ich.

Entgegen meinen Befürchtungen kam um die Mittagszeit, nachdem die Verhandlung vorüber war, Entwarnung. Dana schickte mir eine Kurznachricht, in der sie sich nach meinem Befinden erkundigte. Damit versuchte sie mich offensichtlich aus der Reserve zu locken, und meine Gegenfrage bezog sich selbstverständlich auf den Verlauf der Gerichtsverhandlung.

Sie antwortete promt: „War eine ruhige Verhandlung. Er hat weder das alleinige Sorgerecht noch die Obhut bekommen. Ich muss regelmäßig Nachweise über Therapien erbringen, das war´s."

Im Nachhinein erfuhr ich, dass Fabian doch für einige Zeit bei seinem Vater leben sollte, bis sie ihren Entzug mit all den Auflagen, die sie erfüllen musste, hinter sich gebracht hatte. Ich war erleichtert und fand diesen Beschluss überaus gerecht. Sie hatte mit diesem Termin zumindest teilweise von meinem Vorgehen gut drei Wochen vorher erfahren. Natürlich war sie, wie erwartet, darüber sehr erbost, denn sie fühlte sich von mir verraten und gedemütigt. In ihrer Kurznachricht klang sie entgegen meinen Erwartungen jedoch recht freundlich. Sie ließ sich zunächst nichts anmerken und ich hatte für einen Tag einen Hauch von Hoffnung, dass unsere Beziehung bestehen könnte.

Als ich am nächsten Tag wieder ihre Wohnung betrat, um sie abzuholen, sprach ich sie in provokanter Weise kurz auf die zurückliegende Verhandlung an: „Ist doch ganz gut gelaufen…" Schon verdunkelte sich ihre Miene und sie wurde böse: „Du hast dem unheimlich viel erzählt. Wenn du dich nochmal einmischst und dich mit dem da in Verbindung setzt, bin ich weg, definitiv!" Sie sprach von Verrat, worin es inhaltlich nicht um ihre Alkoholexzesse ging, sondern um eine andere Sache, die Sie nur andeudete. Nachdem wir in meiner Wohnung angekommen waren, schmiss ich die Waschmaschine mit ihrer schmutzigen Wäsche an, ehe wir ein bisschen durch die Fußgängerzone in der City bummelten, um sie auf andere Gedanken zu bringen. Wir schmökerten in einer Thalia-Filiale in Büchern und Bildbänden und erledigten ein paar Einkäufe.

Nach unserem Stadtbummel entfachte in meiner Wohnung, während die Waschmaschine brummte, ein heftiger Streit. Ich hätte sie verraten, behauptete sie.

„Vielleicht trittst du bei der nächsten Gerichtsverhandlung für ihn noch als Zeugen auf. Es geht hierbei nicht um den Vorfall, sondern um etwas anderes", sagte sie wieder.

„Was ist es denn, bitte schön?", wollte ich wissen.

„Ich musste mich erstmal am Stuhl festhalten, als der losgeschossen hat. Warum hast Du meinem Exmann von dieser Scheinschwangerschaft erzählt?", fuhr sie fort.

Ich geriet in Erklärungsnot und wies sie auf ihre Launen hin, die sie während unserer Zeit phasenweise hatte.

„Was unterstellst du mir da", schimpfte sie. „Du hast doch überhaupt gar kein Gespür dafür, weil du nämlich für Frauen in Wirklichkeit überhaupt nichts übrig hast. Ich glaube, dass ich mit dir gar nicht mehr will."

Wie ein Blitzschlag aus heiterem Himmel hatte sich das Blatt gewendet. Mit unserer bisherigen Harmonie war es nun unwiederbringlich vorüber. Der Streit spitzte sich zu, ich fühlte mich von ihr gedemütigt und ich weiß nicht, was auf einmal in mich gefahren war:

„Okay, dann tu dir keinen Zwang an. Reisende soll man nicht aufhalten. Das war´s dann eben. Pack deine Sachen und verschwinde!", platzte ich heraus. Kaum hatte ich es ausgesprochen, kramte sie das Nötigste, was sie transportieren konnte, zusammen. In meiner Streitkultur blieb ich dieses Mal nicht unbedingt sachlich und schimpfte: „Es war kein Vergnügen mit dir, nimm das zur Kenntnis. Aber ich habe immer wieder gehofft."

„Die Hoffnung stirbt zuletzt", gab sie zurück. „Gut, dann weißt du es ja jetzt", fügte sie hinzu.

„Deine Sachen, die du noch hier hast, bringe ich dir vorbei und stelle sie dir vor die Wohnungstür", fuhr ich fort.

„Machst du das mit anderen auch so? Ist das also deine Masche?", fragte sie nach.

„Meine Telefonnummer kannst du gerne löschen", rief ich ihr hinterher, als sie das Treppenhaus hinunterging.

In einer Kurznachricht setzte ich noch einen drauf und schrieb ihr: „Du hast mich ausgenutzt, so war es nämlich." Statt Schuldzuweisungen schrieb sie mir aber Versöhnliches zurück und zudem hörte ich aus ihren Worten auch Bedrücktheit heraus: „Ich habe dich nicht ausgenutzt, ich komme mir nur vorgeführt vor, wie nackt. Ich bin dir auch nicht böse. Egal, was du daraus machst, ich fand´s schön. Schade nur, dass wir im Streit enden."

Im Gegenzug habe ich ihr ebenfalls zu verstehen gegeben, dass ich über die Entwicklung mit uns traurig sei und mit ihr noch einmal darüber sprechen wolle. „Gerne, jederzeit. Traurig bin ich auch, sehr sogar", erwiderte sie in einer weiteren Kurznachricht. Nach meinen Bemühungen, die Wogen wieder zu glätten, nahm sie mein Friedensangebot zunächst an und wir verabredeten uns noch einmal für Sonntagnachmittag. Höflich bedankte sie sich, als ich ihr die saubere Wäsche brachte. Mir ging es immer noch nicht besonders gut, was meine Magenbeschwerden anging. Deswegen wollte sie es von meinem Befinden abhängig machen, was wir an diesem Nachmittag unternehmen würden.

Da das Wetter schön und zudem erstmals auch angenehm warm war, entschlossen wir uns, den Zoo in Heidelberg zu besuchen. Als ich ihre Hand nehmen wollte, zog sie diese zurück und versteckte sie in der Manteltasche. Diese Reaktion war ein Signal für mich, sie nicht mehr anzurühren. Während wir in der Regionalbahn saßen, bat sie mich, sie über alles Weitere in dieser Sache zu informieren, damit sie nicht wieder so unvorbereitet sein würde wie beim ersten Mal. Clemens habe während der Gerichtsverhandlung, als er vom Leder zog, ein paarmal von der Richterin ermahnt werden müssen. Von Arroganz überzogen und richtig denunzierend sei er zur Sache gegangen. Jedoch hatte er, auch nach Anfragen ihres Verteidigers, seinen Zeugen nicht namentlich nennen wollen, berichtete sie mir. Aber es war wohl davon auszugehen, dass dieser eigentlich kein anderer sein konnte als ich.

Im Zoo beobachteten wir die Elefanten, die Giraffen, die Nilpferde und die Eisbären. Sie war eigentlich recht freundlich und ließ sich ihre Bedrücktheit nicht anmerken. Ähnlich wie die Tiere beobachtete sie auch die Besucher, die sich im Zoo bewegten und zog vor allem bei Paaren optische Vergleiche. Als wir uns in der Nähe des Ausgangs auf einer Parkbank unterhielten, erzählte sie aus der Zeit, als sie ihr Abitur machte und wie intensiv ihre Vorbereitungsphase hierfür war. Zwei

Jahre zuvor hatte sie bereits auf einem kaufmännischen Berufskolleg eine Ausbildung zur Wirtschaftsassistentin mit der Zusatzprüfung der Fachhochschulreife abgeschlossen. Für das Abitur hat sie damals Religion neben Biologie als Leistungskurs belegt und hatte ein Jahr zuvor Einzelunterricht in Latein genommen. Eigentlich hatte sie vorgehabt, Theologie zu studieren, konnte dies aber, nachdem sie ihren damaligen Mann kennengelernt hatte, nicht mehr in die Tat umsetzen. Stattdessen orientierte sie sich, wahrscheinlich auf sein Drängen hin, an Berufen der Gesundheitsbranche. Damit hatte es für mich den Anschein, als wäre ihr die Richtung, entgegen ihrem Willen, vorgegeben worden.

Nach dem Abendessen brach erneut ein Streit los, als ich Dana auf das Konfliktthema ansprechen wollte. Sie sprach von einer unüberwindbaren Distanz zu mir, die sie zugleich sehr bedrückte. Sie bezog sich nochmals auf die Gerichtsverhandlung und begann ungefähr mit diesen Worten: "Es hat nicht viel gefehlt und das Unterhaltsgeld wäre weg gewesen..." Bisher konnte ich mich an keinen lauten Streit zwischen uns beiden erinnern. Nun aber lernte ich sie von ihrer hässlichen Seite kennen. In ihrer Wut versuchte sie mich zu denunzieren und ich spürte, dass eigentlich überhaupt nichts mehr zu „kitten" war zwischen uns. Streitigkeiten, wie ich sie mit ihr während unserer letzten beiden Tage hatte, waren für mich in zurückliegenden Beziehungen keine Seltenheit. Ich erinnere mich immer wieder daran, dass ich sehr gut aufpassen musste, was ich sagen durfte und was nicht, bis ich schließlich irgendwann explodierte. Schuldzuweisungen beiderseits endeten dann meistens im Geschrei. Es ist jedes Mal für mich ein bedrückendes Gefühl, wenn ein Streit derart anschwillt und dabei eine Beziehung zerstört. Heute bemühe ich mich verbalen Vernichtungsschlägen entweder etwas Versöhnliches entgegenzusetzen oder ich verlasse eben mal das Terrain der Hochspannung, sofern ich keine andere Alternative sehe.

Nachdem wir uns einigermaßen beruhigt hatten, sahen wir uns oben auf der Empore eine DVD an. Da am Vortag die Uhr umgestellt wurde, war es noch lange hell und die Abendsonne des schönen Frühlingstages strahlte durch die Dachluke.

Der Film zeigte ein Familiendrama, in dem es um häusliche Gewalt, das Scheitern der Ehe und die damit verbundene Regelung von Kindesumgang ging. Die Szene, in der der leibliche Vater auf dem Sterbebett sich nicht einmal mehr von seinem Sohn verabschieden durfte, stellte für mich den traurigen Höhepunkt des Films dar. Zudem versetzte mich auch die Melodie, die Klaviermusik, die den Film untermalte, in Melancholie. Daraufhin stoppte sie die DVD und wollte mit mir darüber sprechen, was mich bedrückte. Eigentlich war mir danach, ihr alles zu erzählen, aber ich konnte mich in diesem Moment nicht mitteilen. Abgesehen davon, dass mich die Story, die dieser Film zum Inhalt hatte, sehr berührte, war es auch meine Trauer, dass meine Zeit mit Dana eigentlich um war.

Am nächsten Morgen, als sie noch schlief, schrieb ich ihr ein paar Zeilen auf ihren Schreibblock. Ich weiß nicht mehr den genauen Wortlaut, aber ich entschuldigte mich, dass ich mit ihr über so manches im Vorfeld nicht gesprochen hatte. Ebenso wenig wollte ich, dass durch mein Handeln Nachteile für sie entstünden. Wenn sie die Verbindung mit mir nun abbrechen wollen würde, dann wäre das für mich verständlich. Zu meinem kleinen Brief legte ich ihr noch zwanzig Euro, damit sie sich etwas zu essen kaufen konnte. Später bedankte sie sich dafür und ging kurz auf mein Schreiben ein. „Jetzt mach dich nicht fertig, ich bekomme das schon irgendwie wieder hin. Wir versuchen es weiter miteinander."

Nach dem astronomischen Frühlingsanfang stellte sich auch die erste Schönwetterphase in diesem Jahr ein. Der lange und kalte Winter hatte sich nun endgültig verabschiedet. Dementsprechend freundlich las sich auch ihre SMS, die ich während der Arbeit erhielt, um uns für den Abend zu verabreden. Sie war jedoch sichtlich bedrückt und frustriert, als ich ihre Wohnung betrat. Wohl auch aufgrund der stattgefundenen Sitzung beim Psychologen.

Wir unternahmen einen ausgedehnten Abendspaziergang zum Rhein und ich zeigte ihr einer der größten Binnenhäfen Europas. Die Stimmung war steif und irgendwie „gezwungen". Die Gesprächsthemen waren uns ausgegangen. Eigentlich redeten wir nur noch über banale, belanglose Dinge und es hatte den Anschein, als wäre unser Potenzial an Gemeinsamkeiten bereits erschöpft. Ich erinnere mich zum Beispiel daran, dass sie vorhatte, irgendwann doch noch Theologie zu studieren und anschließend für soziale Einrichtungen, wie etwa die Caritas, zu arbeiten.

In ihrer Wohnung schlug sie mir gegenüber einen sehr unfreundlichen Ton an. Überhaupt behandelte sie mich wie Luft oder wie jemanden, den sie notgedrungen „erdulden" musste. Auf ihrem Sideboard lagen einige Geldscheine herum. Vielleicht waren darunter auch die 350,- Euro, die ich ihr damals gegeben hatte, um einen Teil ihrer Schulden zu begleichen und darauf sprach ich sie direkt an. „Nein, das soll irgendwie meine

Miete werden. Es geht dich im Übrigen einen feuchten Dreck an", antwortete sie in einem ziemlich garstigen Tonfall. Das Bild von mir, das sie die Zeit über in der Empore hängen hatte, hatte sie beseitigt. Nun wusste ich also, woran ich bei ihr war! Auf meine Frage nach dem Grund dafür gab sie mir zur Antwort: „Du hängst doch auch nie Bilder von deinen Freundinnen auf."

Als Dana am nächsten Morgen erwachte, strich ich ihr über das Gesicht, während sie mit nachdenklicher Miene zur Decke starrte. Mit einem knappen „Mach´s gut" verabschiedete sie sich von mir und war sich dessen wahrscheinlich bewusst, dass dies das letzte Mal war.

Im Büro rief mich ihr Exmann Clemens an. Ihm ging es angeblich nur darum, dass er vor Dana nicht mehr die Spielsachen für Fabian verstecken wollte. Er klang etwas heiser und irgendwie war er ziemlich gereizt. Wahrscheinlich suchte er nach einem Ventil, um seinen Ärger loszuwerden. Er wies wieder darauf hin, dass es ihre Masche sei, Männer zunächst zu bezirzen, um sie nach absehbarer Zeit eiskalt abzuservieren. Ich tat es diesmal Clemens gleich und nahm kein Blatt mehr vor den Mund. In diesem Moment vergaß ich den eigentlichen Zweck, weshalb ich mich mit ihm vor Tagen in Verbindung gesetzt hatte. Er bat mich darum, ihm Bescheid zu geben, wenn sie wieder zum Glas griff. Dies gehe zu Lasten von Fabian. „Das kann ich nicht mehr beeinflussen, jeder lebt fortan seins", gab ich zur Antwort. Bei Clemens löste das Schadenfreude aus: „Wart ab, wenn Du weg bist, fängt die wieder zu saufen an. Sie bekommt dann einen solchen Druck." Der Vorschlag, sich außerdem mit mir auf ein Bier verabreden zu wollen, war der Gipfel der Geschmacklosigkeit. Allerdings war ich in meiner Wut und Trauer über diese Entwicklung selbst nicht mehr in der Lage, den nötigen Anstand gegenüber Dana zu wahren. Ich fühlte mich von ihr wie ein Stück Dreck behandelt. Meine Vermutung, dass sie nach der Gerichtsverhandlung mit mir abschließen würde, hatte sich also bestätigt. Nur schien sie dabei vergessen zu haben, was wir während der Wochen und Monate zuvor voneinander gehabt hatten. Ich hatte den Eindruck, als wäre das für sie nun wie weggeblasen, so als ob sie kurzerhand die Löschtaste betätigt hätte.

Am Morgen des 2. April war es dann besiegelt: Versehentlich verschickte ich an Dana eine SMS, die eigentlich für Clemens gedacht war, worauf sie mich etwa fünf Minuten später anrief. In diesem Gespräch, das etwa zehn Minuten dauerte, äußerte ich unter anderem meinen Unmut über die Tatsache, dass sie mich lange Zeit ihrem Exmann vorenthalten und verleugnet hatte. Es war das einzige Mal, dass ich ihr gegenüber die Stimme erhob. Bei Streitigkeiten war es mir bisher immer gelungen, zu beschwichtigen, und ich nahm eher eine defensive Haltung ein. Diesmal aber kochte ich vor Zorn. Sie informierte mich darüber, dass sie nun erfahren habe, dass ich die Zeit über ständig bei „dem da drüben" gesessen hätte, um mich auszuheulen. Und ich solle ihr doch bei weiteren Besuchen Bescheid geben, damit sie dann in dieser Zeit wenigstens ihren Sohn sehen kann, spottete sie. Schließlich forderte sie ihre restlichen Dinge zurück, die sich noch in meiner Wohnung befanden und beendete die Beziehung: „Das war's! Mach so weiter! Danke für die Zeit mit dir. Tschüss Timm."

Nachdem ich von ihr weitere abfällige Bemerkungen im Stil „Danke auch, du hast mir in allem sehr geholfen" auf meinem Handy gelesen hatte, schrieb ich ihr einen Brief über zwei DIN A4-Seiten, den ich anschließend bei ihr einwarf. Noch ein letztes Mal sah ich nach oben zu ihrer Wohnung und bemerkte, dass die Balkontür offenstand. „Dana, so wie es jetzt ist, haben wir es doch beide nicht gewollt!", rief ich ihr zu, doch es blieb still.

VIERZEHN

GEFÜHLSCHAOS

Der Tag als Dana und ich auseinandergingen, war auch der Geburtstag meines Cousins. Nach meinen Glückwünschen erzählte ich ihm kurz, was ich erlebt hatte, und er war sehr betroffen. Am selben Abend meldete sich auch noch einmal Joanna, sie wollte stets über den Stand der Dinge informiert sein, insbesondere auch über das Ende unserer Beziehung. Schließlich gab sie vor, im Umgang mit suchtkranken Menschen "Erfahrung" zu haben und war zunächst darum bemüht, mir Trost zu spenden. Nachdem sie mir aber unterstellte, dass mein Verhalten typisch für einen Co-Abhängigen sei, entbrannte ein heftiger Streit. Ich habe Danas Alkoholabhängigkeit weder begünstigt, noch habe ich versucht, sie zu kompensieren. Vor Joanna äußerte ich lediglich meine Bedenken ob es mir im Umgang mit Dana während der kritischen Phase, vielleicht an Einfühlungsvermögen gefehlt haben könnte. Auf einmal spürte ich, wie mir vor Zorn das Blut in den Kopf schoss, ich war am Platzen: „Gerade von einem Menschen wie dir, der sich für soziale Projekte engagiert, hätte ich bei so etwas mehr Sensibilität erwartet. Eigentlich interessiert dich das doch nicht wirklich. Im Gegenteil, vielleicht bist du einfach nur sensationsgierig oder sogar schadenfroh." Der anschließende verbale Schlagabtausch endete in einer bis heute andauernden Funkstille zwischen uns beiden.

Eigentlich hatte ich noch gar nicht realisiert, was passiert war, denn ich war wie betäubt. Irgendwie war es ein Gefühl, als ob

Dana nur verreist wäre und in meinen Träumen war sie auch noch allgegenwärtig, nichts aber schien darin mehr in Ordnung zu sein. Im Gegenteil, die Inhalte wurden immer grotesker und es spielten sich Szenen ab, die mich an die dunklen Tage im März erinnerten. An einen Alptraum, der dieser Geschichte auf eine Weise seinen Stempel aufdrückte, erinnere ich mich noch genau:

Ich befand mich in Danas Wohnung, als Fabian auf einmal wie von Sinnen zu schreien anfing. Dabei wusste ich zunächst nicht, wo er sich befand und suchte überall nach ihm, konnte ihn aber in dieser doch relativ kleinen, überschaubaren Wohnung nicht finden. Die Schreie wurden lauter. Es wurde dunkel um mich herum. Filmriss. Plötzlich entdeckte ich ihn, wie er sich auf seltsame Weise von außen am Balkongeländer mit letzter Kraft festhielt und dabei immer weiter abrutschte. Sein Schreien war inzwischen verstummt. Wie im Trance schlug ich die gut verschlossene Balkontür ein und zog ihn mit meiner stark blutenden Hand nach oben. Nachdem Dana ihren kleinen Sohn wieder in ihre Arme geschlossen hatte, wies sie auf die Glasscherben hin und machte mich in erster Linie für den Schaden an der Balkontür verantwortlich.

In der ersten Zeit nach der Trennung war ich von dem unschönen Ende im Streit angewidert. Genau vier Monate, nachdem wir uns das erste Mal begegnet waren, erhielt ich nochmals ein Lebenszeichen von Dana, was sich ungefähr so anhörte:

„Es ist interessant, was du so vor dem Jugendamt und auch vor anderen Personen in Schriftform und per SMS verfasst hast. Ich bin bestimmt noch nicht am Ende. Sollte es für mich

Konsequenzen aufgrund deiner üblen Nachrede geben, muss ich auch darauf reagieren."

Ich konnte zwar nachvollziehen, dass sie aus ihrer Sicht Grund hatte, verbittert über mich zu sein, jedoch hörte ich aus ihren Worten auch heraus, dass sie dabei nicht zu ihren eigenen Fehlern stehen konnte und die Verantwortung für ihre gegenwärtige Situation einfach auf andere abwälzte. Es wütete in mir und ich verarbeitete in meinem Frust das Kinderbettchen von Fabian, das in gewisser Hinsicht für mich Symbolcharakter in Bezug auf Familiengründung hatte, unten im Keller zu Kleinholz. Meine Energie, die ich in diese Beziehung investiert und all die Hoffnungen, die ich gehegt hatte, waren nun nichts weiter als Schall und Rauch! Ich verstrickte mich in endloses Grübeln, denn erneut war ich in einer zwischenmenschlichen Beziehung, dieses Mal nach nur vier Monaten(!), gescheitert. Immer wieder sickerten in meinen Gedanken dabei auch ungute Erinnerungen an frühere Erfahrungen durch.

Meine Erfahrung in Bezug auf das unmittelbar Zurückliegende ließ mein Selbstwertgefühl erneut bröckeln und ich erkannte mich zunächst in meiner Rolle als „Verlierer" wieder. Ich erklärte mich lapidar als "beziehungsunfähig", sobald ich unangenehmen Fragen ausgesetzt war. Bin ich das eigentlich wirklich? Was mein Verhalten und meinen Umgang mit Dana und ihrem Kind anging, dachte ich zunächst, widerspricht dieser Satz meinem Gefühl. So ein verdammter Mistkerl kann ich doch nicht gewesen sein!

In meinem Gedächtnisgefängnis empfand ich es damals so, als ob sich nun alles gegen mich richtete, und Frauen begegnete ich vermehrt mit Argwohn. Wie sich das ungefähr in meinem Kopf abspielte, schildere ich an diesem Beispiel: Hin und wieder traf ich mich an den Wochenenden mit meinen Freunden in einem Lokal. An einem dieser Abende geschah es, dass ich vorzeitig ging. Nicht etwa, weil es Streit unter uns gegeben hätte, sondern weil sich ein langer Nachbartisch zu einer Damenrunde füllte und ich diesen genauer beobachtete, während das Gespräch an unserem Tisch an mir vorbeizog. Hinter welchem Gesicht verbirgt sich die nächste hässliche Fratze, überlegte ich. Ist es die, die so viel redet oder doch eher bei der mit dem Doppelkinn? Es wurde mir zuviel, ich musste da raus! Ich zahlte, verabschiedete mich von meinen Freunden und verließ das Lokal.

Meine Gedanken kreisten erst einmal um Situationen, in denen ich mich mit meinen Handlungen bestätigt fühlte und ich dachte dabei nicht so sehr an das, was ich falsch gemacht haben könnte. Ich war doch zur Stelle, als es darauf ankam und ihr kleiner Sohn war zu dieser Zeit bei seinem Vater gut aufgehoben. Zudem wäre es nicht auszudenken gewesen, was mit Dana während ihrer Phase der Selbstzerstörung ohne mein Beisein hätte passieren können. Ohne Nahrungsaufnahme wäre das vermutlich böse ausgegangen. Oder die andere Variante: Fabian wäre verunglückt. Dann wäre sie ebenso am Ende gewesen, denn diese Sache hätte sie mit Sicherheit auf Dauer seelisch nicht verkraftet. Wahrscheinlich hatte ich ihr das Leben gerettet, das lasse ich so stehen! Trotz der Tatsache, dass uns nicht mehr viel Zeit bleiben würde, so war ich zumindest um Schadensbegrenzung bemüht, denn alles andere wäre meiner Ansicht nach unterlassene Hilfeleistung gewesen. Letztendlich war ich ebenso wie sie zutiefst enttäuscht, denn ich fühlte mich von ihr wie „weggeschmissen". Nachträglich

160

erwartete ich von ihr dafür keine Dankbarkeit, erhoffte mir aber insgeheim eine gewisse Einsicht von ihr. Selbst in dem Bewusstsein, dass ich ihr gegenüber am Ende nicht aufrichtig war, empfinde ich trotzdem auch heute noch so, dass sie mir damals sehr unrecht getan hat.

Ungefähr sechs Wochen, nachdem die Beziehung mit Dana in die Brüche gegangen war, an einem Tag im Mai, erhielt ich von ihr eine knapp verfasste E-Mail, in der sie mir gestand, dass sie mit Gefühlsschmerz an unsere Zeit zurückdenke und diese erst einmal nach und nach „verdauen" müsse. Es sei für sie nicht einfach. Im gleichen Atemzug forderte sie mich jedoch dazu auf, ihre Dinge, welche sich noch in meiner Wohnung befanden, zurückzubringen. Damit vermittelte sie mir unmissverständlich, dass es für sie kein zurück mehr gab. Die Würfel waren also gefallen. In diesem Moment weinte ich zum ersten Mal richtig heftig über meine unerfüllte Liebe zu ihr. Es hatte mir das Herz gebrochen. Viel mehr, als in den Tagen zuvor, spürte ich nun, wie ich sie vermisste und realisierte, dass ich mich mit ihr eigentlich noch sehr verbunden fühlte. Ich hatte „Heimweh" nach ihr! Gerne hätte ich mit ihr noch einmal sachlich über das, was zwischen uns stand, gesprochen. Insgeheim wünschte ich mir, dass sie mich ein bisschen verstehen könnte. Sie ließ uns dafür aber keine Chance mehr.

Die schönen, innigen Momente miteinander hatte ich in mich aufgesaugt, sie gaben mir Kraft. Nun aber fand ich nichts mehr, woran ich mich festhalten konnte.

Unsere kurze, aber sehr intensive Beziehung verlief im Wesentlichen ohne erwähnenswerte Streitigkeiten, weshalb in mir die Hoffnung aufkeimen konnte, an uns und eine gemeinsame Zukunft zu glauben. Ich war davon überzeugt, dass wir uns Raum und Zeit für Entwicklung geben würden. Der Alkoholentzug war eine große Hürde, jedoch hatte Dana einen starken Willen und ich war zuversichtlich, dass sie ihre Abhängigkeit vollständig besiegen würde - ohne Rückfälle. Nachdem sie sich zum Entzug entschlossen hatte, erlebte ich sie ungefähr noch drei Wochen. Zu meiner Überraschung empfand ich gerade in dieser Phase ein beruhigendes Gefühl von Leichtigkeit und Vertrauen zwischen uns, so, als ob wir uns schon lange gekannt hätten.

Die Trennung Anfang April war abrupt, vergleichbar mit einem Filmriss. Von heute auf morgen war sie weg und ich hörte in den Folgemonaten kaum mehr etwas von ihr. Für mich war das ein unerträgliches Gefühl, denn ich vermisste ihre Nähe, vermisste diese Mischung aus Geruch, Sprache und Lauten. Es war etwas Wunderbares, wie auf einmal so ein kleines Paradies entstehen konnte, als sie vor mir stand und meinen schwarzen Wollpullover anhatte, der ihr eigentlich um ein paar Kleidergrößen zu lang war, oder wie bewegt sie unter anderem von den Begegnungen mit ihren Kindern erzählte. Eigentlich kam es gar nicht so sehr darauf an, was wir miteinander gesprochen hatten, sondern eher, ihre Stimme zu hören, die Gestik zu sehen, ihre Aura zu spüren. Seit ich von ihr getrennt war, litt ich unter grausamen Entzugserscheinungen.

Mit Dana verbrachte ich die dunklen und kalten Tage des Jahres. Der April war nach dem langen, harten Winter ein schöner und warmer Frühlingsmonat. Wie musste sie unmittelbar in den Tagen danach morgens nach dem Aufwachen empfunden haben, als die andere Betthälfte nun leer war? Ich stellte mir vor, wie die Morgensonne durch die Dachluke schien und ihre kleine Maisonette-Wohnung erhellte.

Für mich selbst fühlte es sich an, als sei ich aus einem Traum herausgerissen worden, aus dem Traum mit Dana, der im Jahr zuvor am zweiten Advent wie ein Wintermärchen begann. Mein Leben, wie es sich vor meiner Zeit mit Dana gestaltet hatte, und in das ich eigentlich so nicht mehr zurückkehren wollte, lebte ich mit meinen bisherigen Gewohnheiten weiter. Die neuen Probleme, die nun entstanden waren, waren praktisch die alten: Da war wieder dieser selbst auferlegte Zwang neu durchstarten zu müssen, auf der Suche nach dem Weg zum Licht, dorthin, wo mir jemand entgegenlächeln würde.

Lange war es so, dass ich mich bestimmten Orten, die Dana und ich während unserer kurzen Zeit aufgesucht hatten, und Wegen, die wir gemeinsam gegangen waren, nicht mehr nähern konnte. Ich ertrug es einfach nicht, denn wie eine innere Diashow zogen die Bilder aus den vier Monaten unaufhörlich an mir vorbei. Sogar um Orte, die in unmittelbarer Umgebung zu meiner Wohnung lagen, machte ich einen Bogen. Das betraf unter anderem die Kinder- und Jugendbibliothek, das Planetarium, das wir mit ihren beiden Kindern zusammen um die Weihnachtszeit besucht hatten, den evangelischen Kindergarten, bei dem sie sogar eine Platzvormerkung ausgefüllt hatte, den Inder und schließlich unser Café, in dem wir ein paarmal haltgemacht hatten. Manchmal ertrug ich nicht einmal mehr meine eigene Wohnung, obwohl ich darin schon sechs Jahre zuvor gewohnt hatte. Sogar noch ein Jahr danach, im Januar, kostete es mich einiges an Überwindung, bei der Firma ION erneut mit den Produktaufnahmen für den nächsten Katalog zu beginnen, zumal ich im selben Gebäude und im selben Zimmer arbeitete wie ein Jahr zuvor. In diesem komplett abgedunkelten Raum hatte ich Flashbacks! Brutaler, als in den Monaten zuvor, holte mich hier die Vergangenheit ein. Abgesehen von der Arbeit wusste ich kein Rezept, wie ich dem entfliehen konnte, denn ein anderes Zimmer konnte mir die Firma aus Platzgründen nicht anbieten. Überhaupt war diesmal die Arbeit am Katalog in diesem Kabuff für mich schwierig, da ich exakt ein Jahr zuvor einige schöne aber auch sehr schlimme Tage mit Dana erlebt hatte. Alle restlichen Lebensumstände waren praktisch identisch zu damals, nur mit dem Unterschied, dass sie sich längst ganz weit von mir entfernt hatte.

Je heftiger mein Schmerz war, desto mehr war ich bemüht, mich in die Situation von Dana hineinzuversetzen. Sie wurde in eine Achterbahnfahrt der Gefühle hineingezogen, denn mein Kontakt zu Clemens musste sie bis ins Mark getroffen haben. Von uns beiden fühlte sie sich bloßgestellt, da sie sich darauf verlassen konnte, dass mir ihr Exmann natürlich seine Eindrücke und Erlebnisse aus ihrer gemeinsamen Zeit schonungslos erzählt hatte. Und sie konnte sich vor allem ausmalen, dass ich ihm ebenso Details preisgegeben hatte, welche für ihn, wie sie vermutete, der Nährboden für die Auseinandersetzungen vor Gericht waren. Mit Sicherheit waren ihre Gedanken von Wut und ungeheurer Enttäuschung geprägt, wenn sie über ihre Erfahrungen mit mir und meinen Kontakt zu Clemens nachdachte: „Was habe ich Timm eigentlich getan? Warum redete er nicht mit mir, sondern mit meinem Exmann über mich? Das ist so feige, so hinterhältig! Einem solchen Menschen kann ich nicht vertrauen, der einfach nur petzt und gleich die Nerven verliert, wenn es mal brenzlig wird. Nur gut, dass er jetzt sein wahres Gesicht gezeigt hat."

Ob es tatsächlich in ihr so ausgesehen hat, ist sehr spekulativ, ebenso wie die Konsequenzen, die sich möglicherweise für sie aus dieser Sache ergeben konnten.

Betreuter Umgang mit Fabian, das war das letzte, was ich mitbekommen hatte. Sind sich die Eltern des Kindes nicht einig, gibt es strikte Regelungen über den betreuten Umgang, nach denen über Ort, Dauer und Häufigkeit entschieden wird. In diesem Fall trifft die Mutter dann an einem neutralen Ort wie einer Kindertagesstätte oder auf einem Spielplatz in Begleitung eines vom Jugendamt oder dem deutschen Kinderschutzbund gestellten neutralen Umgangspflegers ihr Kind. Es wäre für Dana unerträglich geworden, wenn sie ihren kleinen Sohn aufgrund einer derartigen Entscheidung nur für kurze Zeit, etwa zwei Stunden lang, in einer solchen Umgebung hätte sehen dürfen. Die Besuche wären wahrscheinlich immer wieder nach dem gleichen Schema abgelaufen: In einer Gruppe von Kleinkindern trifft Dana im Rhythmus von zwei Wochen ihren Fabian, der gerade mit den anderen spielt. Wenn seine Mutter auf ihn zukommt, dreht er sich weg. Sie spricht ihn an und sagt „Hallo Fabian, ich bin´s doch, deine Mama", aber er ignoriert sie weiterhin und sie selbst fühlt sich herabgesetzt und missverstanden. Es hätte eine Entfremdung gedroht! Diese Umstände hätten Dana den Boden unter den Füßen weggerissen und es wäre nachvollziehbar gewesen, wenn sie sich plötzlich nicht mehr an die Regeln hätte halten wollen und rückfällig geworden wäre. Die brutale Realität hätte etwa so ausgesehen: Sie war nun gestrandet in einer Großstadt, schutzlos, mittellos und ohne besondere Perspektive. Die Kinder waren weg, sie wurden ihr entzogen und somit war auch der Anspruch auf Unterhaltsgeld gegenüber ihrem Exmann aufgehoben. Einsam war sie nun, Leere breitete sich aus und vor allem gab es viel Zeit zum Grübeln! Am schlimmsten sind die Wochenenden, besonders die Sonntage. Auf einmal war nichts mehr übrig geblieben von ihrem bisherigen Leben zusammen mit den Kindern.

Und zu ihrer Enttäuschung hatte es wieder einen Menschen an ihrer Seite gegeben, der sie auf dem Weg in ein besseres Leben hat stolpern lassen. An mich wird sie sich erinnern, denjenigen, dem sie das alles zu verdanken hat. Nicht etwa aus Einsicht, nein - sondern mit Zorn im Blick zurück. Trauer und Wut werden aufkommen und sich zu Hass entwickeln.

Immer wieder, wenn sie Kinder im Alter von Fabian und Roman antreffen würde, hätte sie gedanklich durchgespielt, welche Entwicklung die beiden nun genommen haben, wie es ihnen geht. Sie hätte die Gefühle ihrer Jungs, ihre Emotionen über Erfolgserlebnisse, aber auch ihre Sorgen und Ängste, nicht mitbekommen. Außerdem wäre sie immer wieder quälenden Fragen wie diesen ausgesetzt gewesen: „Wie oft siehst du deine Kinder?" Oder: „Irgendetwas muss doch vorgefallen sein, weshalb dir die Kinder entzogen wurden." Die wahren Gründe hierfür hätte sie nicht preisgeben wollen und sie hätte sich mit Antworten bedeckt gehalten. Dana wäre als unnahbarer Mensch beurteilt worden, als einer, der etwas zu verbergen hat. Mit dem Finger hätten dann diese „Neugierigen" in ihrer Schadenfreude auf sie gezeigt und gesagt: „Da schaut, das ist eine Rabenmutter, die ihre Kinder vernachlässigt hat."

Die Situation, als damals ihre Ehe zerbrach und ihr zugleich auch Roman weggenommen wurde, musste sie noch gut in

Erinnerung behalten haben, so als wäre es erst gestern geschehen. Ohne so etwas selbst ausgehalten zu haben, kann ich mir über ihre damalige Gefühlswelt kein Bild machen.

Dana hatte ihre Kinder unter dem Herzen getragen und mit Schmerzen zur Welt gebracht. Die Mutterliebe wird vielfach als die ursprünglichste und stärkste Form der Liebe angesehen. Es entsteht ein Urvertrauen. Einmal hatte sie mit mir über dieses Thema sogar gesprochen. Sie erklärte, dass die Beziehung der Mutter zu dem Ungeborenen oder einem Säugling symbiotisch sei, sie gehe bis in den feinsten Nervenstrang. Sobald das Kind mit zunehmender Mobilität aktiver seine Bedürfnisse deutlich machen kann, ließe sich der Kontakt der beiden Beteiligten etwa mit einem Gummiband vergleichen, das den Abstand zueinander permanent neu regelt und der Situation anpasst. Männer könnten nicht einschätzen, was da eigentlich vor sich geht, sie reagierten manchmal mit Eifersucht und es komme deswegen auch nicht selten vor, dass die Gefahr einer Entfremdung zum Partner besteht.

Über die Gründe, warum ihre Ehe letztendlich scheiterte, habe ich nichts erfahren. Weder Dana noch ihren Exmann habe ich danach gefragt, aber ich dachte mir meinen Teil. Mit Fabian, dessen Vater auch Clemens ist, der jedoch nach ihrer Scheidung auf die Welt gekommen war, wollte sie es besser machen. Die Erziehung und das Umsorgen von ihm sollten für sie eine Wiedergutmachung für ihre Fehltritte in der Vergangenheit sein. Sie wollte all die Menschen, die in ihr bisher keine gute Mutter sahen, Lügen strafen.

Fabian hatte bisher fast ausnahmslos bei seiner Mutter gelebt. Die Verbindung zu ihr war so intensiv, dass ich behaupten könnte, er wäre ihr an den Leib gewachsen.

Es war rührend, wie sie sich zu ihm hinsetzte, ihn zärtlich in ihre Arme schloss, mit ihm kuschelte, ihm ein Liedchen vorsang und aus Kinderbüchern vorlas, wie sie ihm beim Spielen zusah, als er sich mit seinem Bauernhof aus Lego beschäftigte und dabei in seiner eigenen kleinen Fantasiewelt versank. Dana strahlte eine stoische Gelassenheit aus, war überaus aufmerksam und erkannte schnell, was ihm guttat und was nicht. Außerdem entwickelte sie einen unermüdlichen Ehrgeiz, seine Fähigkeiten zu erkennen und auch zu fördern. Dana erfasste Fabians Zielvorstellungen schnell. So geschah es, dass er mir zum Beispiel eine dieser Einwegfläschchen mit Apfelschorle entreißen wollte, um den Deckel abzuschrauben und er verlangte danach, nachdem er davon getrunken hatte, diese selbst wieder zu verschließen. Als ich ihm damit zuvorkam, fing er an zu brüllen und Dana meinte nur: „Lass ihn das doch machen."

Diese Liebe und Innigkeit zum eigenen Kind konnte ich bisher in dieser Form noch bei keiner Mutter beobachten. Fast jede Minute widmete sie ihm und als sie mal für kurze Zeit das Haus verließ, um eine Besorgung zu machen, weinte er manchmal ununterbrochen, wenn er allein mit mir in der Wohnung zurückblieb.

Die Tatsache, dass ihre Zuwendung für Fabian von ihrem Exmann nur selten zur Kenntnis genommen wurde und kaum Anerkennung fand, kränkte sie. Wie wenig einfühlsam er diesbezüglich war, erkannte ich während meines Bemühens zu vermitteln: „Ja, mag sein, dass sie ab und zu schöne Momente hat. Das hilft uns aber wenig, wenn am nächsten Tag das Kind tot ist", gab er mir zur Antwort. Immer wieder sprach sie vor mir über ihre Ängste, dass er ihr Fabian wegnehmen will. Ich wollte ihr zunächst nicht glauben.

Wie kulant, wie kompromissbereit ihr Exmann Clemens sich nun zeigen würde, konnte ich nicht einschätzen. In seinen Äußerungen über Dana verstrickte er sich in meinem Beisein oft in Widersprüchlichkeiten.

Häufig sind die Eltern von Scheidungskindern nicht in der Lage, über ihre eigene Verletztheit hinaus das Wohl des Kindes zu erkennen und sie sind diesbezüglich zu keiner rationalen Überlegung fähig. Die Tatsache, dass die eigenen Kinder ein großes Geschenk sind, das mit nichts zu vergleichen ist, wird dabei unterschätzt. Die Emotionen und Affekte gegenüber dem ehemaligen Partner sind oft von Feindseligkeiten geprägt und nichts ist manchmal naheliegender, als so etwas über ein gemeinsames Kind auszutragen.

„Wo ist meine Mama, warum kommt sie nicht mehr so oft?", wird Fabian seinen Vater fragen. „Weil Mama krank ist, weil sie dir nicht guttut", bekommt er dann zur Antwort. Er wird traurig sein und irgendwann wird seine Mutter zum Tabuthema werden. Verständlich, denn wie würde ich reagieren, wenn mir mein Vater Jahre später im Erwachsenenalter erzählen würde, dass meine Mutter eine Säuferin ist, wenn ich erfahren würde, dass sie zu keiner Zeit in der Lage war, sich ausreichend um mich zu kümmern und ihr Leben noch nie im Griff hatte? Die eigene Mutter zu verleugnen, hätte ich sicherlich nicht übers Herz gebracht, aber wahrscheinlich würde ich mich vor der Frage nach meiner Herkunft fürchten.

Ich habe hier erörtert, wie es schlimmstenfalls für Dana hätte ausgehen können. Als ich damals Handlungsbedarf sah, war ich von Angst getrieben und hatte an all diese möglichen Konsequenzen nicht gedacht. Meine Niedergeschlagenheit und Trauer über die Vorkommnisse im März konnte ich kaum in

Worte fassen. Die Iden des März ist eine Metapher für bevorstehendes Unheil. Es roch nach Verrat.

Nachdem Clemens seinen Sohn zu sich genommen hatte, war es für mich wichtig, zu erfahren, worauf ich mich eventuell noch einstellen musste. Deswegen berichtete ich ihm über die Exzesse, wie sie sich bei Dana zugetragen hatten, sehr ausführlich, denn das alles war für ihn längst nichts Neues. Er machte deutlich, dass wir es mit einem schwerkranken Menschen zu tun hatten und dass in seiner Vergangenheit mit ihr sogar noch gravierendere Dinge vorgefallen waren als die, die sich in meinem Beisein abspielten. Dana habe nicht nur einmal am Abgrund gestanden, bemerkte er, und dass der Weg immer mal wieder in die Psychiatrie führte, war nichts Besonderes.

Wenn alles so war, wie Clemens berichtete, warum hatte er sich dann zu zwei Kindern mit ihr entschlossen? Gut, ich musste nicht alles verstehen.

Ferner sprach ich mit ihm auch über meine erste Begegnung mit Dana, als sie mir von ihrem Kummer erzählte. Er vermutete daraufhin, dass ich mir bestimmte Partner - er redete von jenen, die angeblich seelisch labil und mitteilsam sind - grundsätzlich suchen würde. Vielleicht sah er ein Helfersyndrom in mir, ich weiß es nicht. Die Tatsache, dass Dana im Januar mit Fabian ein paar Wochen in meiner Wohnung zugebracht hatte, hätte ich ihm nicht erzählen sollen. Es war zu persönlich und eigentlich auch nicht wichtig.

Natürlich war es keine böse Absicht von mir, zusätzlich noch Brände zu legen, aber leider gab es auch peinliche Vorfälle meinerseits, für die ich mich nachträglich bis in den Boden hinein schämte. Ich denke zum Beispiel an meinen Auftritt beim Jugendamt, wo ich mich im übertragenen Sinn zu weit aus dem Fenster lehnte, und dass ich dabei auch diese Scheinschwangerschaft erwähnte, die eigentlich außer Dana und mir niemanden sonst zu interessieren hatte.

Es war auch nicht recht, dass ich als Beweisgrundlage zusätzlich diesen Brief schrieb, der mit drastischen (wenn auch wahren) Behauptungen wie diesen gespickt war: „Das Umfeld für das Kind ist absolut unzumutbar." Fabian war nicht mein Kind, aber Dana war meine Partnerin und es stand mir nicht zu, mich derart herablassend über sie zu äußern, als wollte ich sie verklagen. Habe ich damit sogar Hass geschürt, sozusagen als Dank dafür, dass sie sich auf mich eingelassen und mir vertraut hatte? Statt ihr Schutz zu geben, hatte ich sie in ihren Augen obendrein bis auf die Knochen blamiert. Mein Vorhaben, mit ihr eventuell etwas aufzubauen, wofür ich mich wochenlang so sehr engagiert hatte, stieß ich in nur kurzer Zeit, um es salopp auszudrücken, mit dem Arsch wieder um.

An einem der heißen Sommerabende überwand ich mich dazu, die Dinge aus meiner Wohnung, die Dana und auch Clemens gehörten, zurückzugeben. Zunächst brachte ich Clemens den Kindersitz fürs Auto. Ich passte ihn, ähnlich wie vergangenen März, wieder vor der Haustüre zu seiner Wohnung ab. Wie damals trug er auch diesmal einen Hut. Zum letzten Mal begegnete ich dabei den Kindern. Clemens sah mich zuerst mit ernster Miene an. Er hielt ein wenig inne, sein Blick schweifte ins Leere, ehe er mir erneut in die Augen schaute und mich schließlich mit leiser Stimme fragte: „Wie geht es dir, Timm?" Er bot mir an, auf einen Kaffee mit nach oben in seine Wohnung zu kommen, was ich dankend ablehnte. „Für zwei Jahre bleiben jetzt beide Kinder bei mir", sagte er und wandte anschließend seinen Blick in Fabians Richtung: „Des einen Freud ist des anderen Leid."

Die wenigen Dinge, die Dana gehörten, brachte ich ihr erst einige Tage später, denn als ich mich mit ihr in Verbindung setzen wollte, nahm sie keine meiner Anrufe entgegen. Sie reagierte erst auf meine E-Mail mit dem Betreff "Rückgabe unserer Dinge" und schlug einen Tag vor. Es war das letzte Mal, dass ich ihr begegnete. Wie vereinbart, wartete sie unten an der Straßenseite auf mich. Sie verhielt sich freundlich, aber distanziert. Nach dem Austausch unserer Sachen saßen wir noch auf eine Zigarettenlänge auf einer Parkbank an der Christuskirche. Ich suchte in ihrer Gegenwart nicht mehr nach Erklärungen. Das Einzige, was ich sie noch wissen lassen wollte, war, dass ich meinen Möglichkeiten entsprechend alles dafür getan hatte, damit wir eine schöne Zeit miteinander hatten und ich bat sie, dass sie sich ebenso an das Gute zwischen uns erinnern sollte. „Das war auch gut", bestätigte sie mir knapp. Außerdem würde der Kontakt zu Fabian fast täglich stattfinden, ohne betreuten Umgang, erzählte sie, als ich danach fragte.

Nun sah es also doch danach aus, als ob sich die Wogen zwischen ihr und ihrem Exmann wieder geglättet hatten und sich die Sache mit dem Kindesentzug für sie gar nicht so drastisch darstellte, wie ich zunächst befürchtet hatte. Jetzt war ich weg und möglicherweise zeigte er sich ihr gegenüber wieder wohlgesonnen und hat sich noch einmal richtig ins Zeug gelegt, um sie wieder für sich zurückzugewinnen. Bestimmt waren daran auch Bedingungen geknüpft, zum Beispiel, dass keiner jemals wieder Kontakt zu mir herstellen darf. „Hake es einfach als Erfahrung ab", könnten seine tröstenden Worte gewesen sein. Möglicherweise hat Dana innerlich gejubelt, als sie zum Schluss meinen Brief erhielt und registrierte, wie sehr mir die Sache naheging. Vielleicht spottete sie auch und beurteilte es ungefähr so, dass ich mich damit, um mein Gewissen zu beruhigen, um Kopf und Kragen redete, im Prinzip aber doch nichts verstanden hatte. Es hätte mich nicht gewundert, wenn sie ihrem Exmann voller Hohn von meinen sogenannten „Erklärungsbrief" berichtete. Nach wie vor bin ich nicht sicher, welche Rolle ich für sie in dieser Zeit spielte. Es gab zu viele Baustellen auf einmal: Gravierend war dabei ihre Alkoholsucht und natürlich auch der zurückgebliebene Scherbenhaufen aus ihrer unmittelbaren Vergangenheit. An ihrem Verhalten hätte ich eigentlich erkennen müssen, dass sie noch längst nicht bereit war, sich voll und ganz auf einen neuen Partner einzulassen. Diese Verletzungen, die sie aufgrund ihrer über Jahre hinweg komplizierten Beziehung mit sich herum-getragen hatte, waren gerade nach der erneuten Trennung, ungefähr zwei Monate bevor sie mir begegnet war, ohne Zwei-fel wieder aktuell geworden. Weshalb wendete sie sich an übel-ste Abzocker aus dem Internet, die unter der Bezeichnung „Lebensberatung" agierten? War ich in ihrer teuer erkauften, von sogenannten "Wahrsagern" zurechtgemeißelten Märchen-welt zunächst nur eine Art Romanfigur oder etwa eine Aus-weichmöglichkeit für etwas, das bei ihr zumindest vor-übergehend wieder aus den Fugen geraten war? Bestand unsere Beziehung also nur auf der Basis eines undefinierbaren Ge-bildes von Frustration und Verzweiflung? Eine traurige Erkenntnis für beide Seiten! Oder war es möglicherweise so, dass sich Dana mit mir einfach nur über die zurückliegenden Enttäuschungen und letztendlich das erneute Zerwürfnis mit ihrem Exmann hinwegtrösten wollte? Ging es ihr auch darum, mich ihm gegenüber als Reizfigur hinzustellen, sich zu rächen? Das Chaos in meinem Kopf, diese mich ständig umtreibenden Gedankenspiele schienen nun kein Ende mehr zu nehmen.

Auch ich wünschte mir, um mich abzulenken und um über meinen Schmerz mit Dana schneller hinwegzukommen, baldmöglichst wieder eine Frau an meiner Seite. Was für eine Fehleinschätzung, dass ich so schnell mit einer anderen Frau glücklich sein könnte! Diese Dame, die ich wenige Wochen danach kennenlernte, war mir gegenüber aufrichtig und wohlgesonnen. Leider habe ich sie nicht so gut behandelt, wie sie das vielleicht verdient hätte, denn noch war ich nicht in der Lage, ähnlich wie Dana während ihrer Zeit mit mir, den Rucksack mit den Altlasten der vergangenen Beziehung vor der Tür abzustellen. Ich fühlte mich an ihrer Seite wie ein Fremdkörper, wie ein Mensch, der dort nicht hingehörte. Schließlich suchte ich nach einem Vorwand, um mich bald wieder von ihr zu verabschieden. Geschichten wiederholen sich manchmal und ich ertappte mich dabei, dass ich aus meiner Erfahrung eigentlich nur wenig gelernt hatte.

Was mich ebenso beschäftigte, war die Tatsache, dass ich mich von meinen Partnerinnen bisher eigentlich meistens im Streit getrennt hatte. Insbesondere aber war die Art und Weise, wie Dana und ich auseinandergegangen sind, schlechter Stil. Ich habe das nie so richtig verkraftet. Erst Monate später hatte ich realisiert, wie unschön auch mein aggressives Auftreten am Ende ihr gegenüber war und wie niveaulos ich mich von ihr verabschiedet hatte. Während unseres letzten Telefonates dachte ich, es sei ohnehin nichts mehr zu retten, das Blatt würde sich nicht mehr zum Guten wenden. In meinem Frust blieb ich nicht fair - im Gegenteil - ich suchte für mich nach einem Vorwand, um zum Schluss noch einmal richtig draufzuhauen. Auch wenn mich zum Beispiel ihre Äußerungen über Nachwuchsplanung, die sie auch vor ihrem Exmann gemacht haben soll, irritiert hatten, beschäftigten mich diese nicht so sehr, wie ich es ihr vorgehalten hatte. Statt Dinge einfach im Raum stehen zu lassen, hätte ich, trotz großer Enttäuschungen auf beiden Seiten, zumindest noch einmal an dem Tag, als sie mir die Rote Karte gezeigt hatte, den Versuch starten müssen, mit ihr ein reinigendes Gespräch zu suchen. Dabei hätte ich mich nicht nur darum bemühen sollen, ihr die Beweggründe meiner Handlungen transparenter zu machen, sondern ich hätte ihr im übertragenen Sinne nochmals meine Hand anbieten müssen und sagen: „Komm, lass uns das gemeinsam durchstehen."

Als sich unsere Wege trennten, war Dana bereit zum Entzug. Sie konnte auch nicht anders, denn durch die Auflagen, die sie nun erfüllen musste, um ihren Sohn wieder dauerhaft zurückzubekommen, wurde sie regelrecht dazu gezwungen. Leider habe ich heute keinen blassen Schimmer davon, wie es ihr inzwischen geht.

Der Weg aus der Abhängigkeit erfordert Mut und Ausdauer! Vielen Suchtkranken ist es zunächst nicht mehr möglich, einen klaren Gedanken zu fassen, ihre Situation kritisch zu bewerten, einen Vorsatz zu bilden, ihm treu zu bleiben und etappenweise eine Änderung herbeizuführen. Häufig geht derjenige, der sich zur Umkehr entschlossen hat, durch eine tiefe Verzweiflung hindurch, ehe es ihm gelingt, sein Leben zu ordnen. Neben den begleitenden Krankheitssymptomen, die so ein Entzug mit sich bringen mag, sind dabei auch die häufig

auftretenden psychischen Belastungen wie etwa Versagens-
ängste und Depressionen nicht zu unterschätzen.

Noch einmal möchte ich hier die Worte, die mir Dana vor
ihrem Unfall geschrieben hatte, wiedergeben: *„Ich finde die
Welt doof und ich weiß nicht so recht, was ich in ihr soll. Ich
möchte am liebsten all dem entfliehen ...“* Vielleicht kennt der
eine oder andere das Bedürfnis, ähnlich wie Dana, die Realität
unter Einfluss von Alkohol oder Rauschgift verdrängen zu
wollen. Für einen solchen Menschen, der sich in seiner
seelischen Not bisher immer wieder durch „Vernebelung“
vermeintlich Negatives sanft vom Leibe halten wollte, ist der
Weg aus der Sucht deshalb mit einer harten Landung auf einem
steinigen Boden zu vergleichen.

Sobald der Abhängige nach länger andauernder Abstinenz
in die Wirklichkeit zurückkehrt, lernt er seine Fähigkeiten
besser einzusetzen und mit seiner Umgebung zurechtzukommen. Der ständige Begleiter - der Alkohol - rückt nun immer
mehr in den Hintergrund. Nicht selten zeigt sich dabei auch eine
gewisse Selbsteinsicht, nämlich zu der Vergangenheit in aufrichtiger Weise stehen zu können, aber gleichzeitig auch den Blick
nach vorn zu richten. Vielleicht stellt er an sich selbst diese Fragen: „Wer bin ich? Was treibt mich an? Wo möchte ich hin?“

Häufig wird der ehemals Süchtige in unserer Gesellschaft
leider als ein eher labiler Mensch eingestuft, der nicht funk-
tionieren kann. Wenn sich dieses Bewusstsein in den Köpfen
seiner Mitmenschen manifestiert hat, dauert es lange, bis sie
die Vorurteile über ihn und seine Vergangenheit ablegen.

Natürlich hätte mich interessiert, ob Dana die Kurve tatsächlich gekriegt hat. Ein Anreiz dazu war ihr jedenfalls gegeben worden und, wie bereits erwähnt, war ich eigentlich auch

sehr optimistisch, dass sie es schaffen würde. Ja, ich glaube sogar, dass sie heute ein in sich viel gefestigterer Mensch ist. Das war für mich schon während meiner letzten Begegnung mit ihr, ungefähr ein viertel Jahr nach unserer Trennung, zu spüren. Ich schrieb ihr damals noch einmal eine E-Mail, in der sinngemäß stand, dass ich mich gefreut hätte keine bösen Worte mehr füreinander gehabt zu haben, worauf sie mir Folgendes zur Antwort gab: „Für mich ist ganz klar, dass ich erst mir selbst verzeihen muss, bevor ich einem anderen verzeihen kann. Wenn ich einen Groll auf dich hätte, müsste ich den zuallererst auf mich haben. Das ist verarbeitet! Jeder Mensch macht Fehler, aus denen er zu lernen hat!"

Welche Theorie hier dahinterstehen mag und was sie mir damit sagen wollte, dessen bin ich mir nicht eindeutig sicher. Mein Verstand sagt mir aber, dass man einem anderen Menschen nur dann verzeihen kann, sobald man seinen eigenen Fehler erkannt hat.

SPÄTERE EINSICHTEN

Genügt manchmal nur eine einzige Begegnung, um zu erkennen, wie sehr man eigentlich noch mit seiner eigenen Vergangenheit beschäftigt ist? Dass mit meiner zurückliegenden Verbindung zu Dana bestimmte Erinnerungen verknüpft sind, dessen bin ich mir sicher, auch wenn noch einige Fragen offenbleiben in Bezug darauf, wodurch dieser Schmerz in mir ausgelöst wurde.

Mein Blick richtete sich auch auf die eigene Familie, deren Wurzeln für Ungutes möglicherweise bis in die Kriegsjahre zurückgehen könnten. Jedoch wäre es für mich vermessen, so weit auszuholen und deshalb konzentrierte ich mich zunächst auf meine unmittelbare Vergangenheit. Was meine Erfahrung mit Dana betrifft, so fühle ich mich oft an die Leidensgeschichte meiner damals an Magersucht erkrankten Schwester Dorothea zurückerinnert und ebenso kreisten meine Gedanken immer wieder um Erwartungen und Wünsche, die sich bis dahin nicht erfüllt hatten. Dabei denke ich auch an meine einzige Tochter Julia, die ich seit Jahren nicht mehr gesehen habe.

Aufgrund meiner damaligen inneren Zerrissenheit nach meiner Erfahrung mit Dana setzte ich mich mit einem mir vertrauten Pastor, der mich einst konfirmiert hatte, in Verbindung. Tage später erhielt ich einen kurzen, handschriftlich verfassten Brief von ihm mit einem Bibelzitat, das mir die Augen öffnete:

"Es ist nicht gut, dass Du einen Menschen mehr liebst, als mich, Deinen Gott. Und ich, Dein Gott, bin in Dir, bin ein Teil von Dir. Ich bin das Leben in Dir und all das, was Du bist und hast. Es ist nicht recht, wenn Du das alles mutwillig zerstörst, nur weil Du meinst, einen Menschen retten zu müssen. Er ist sich selbst verantwortlich, er lebt sein Schicksal und sein Leben. Er hat wie Du die Pflicht, für seinen inneren Gott zu sorgen. Es kann nicht Deine Aufgabe sein. Du mußt nur auf Dich schauen, nur wenn Du in dir Kraft und Gesundheit hast, kannst Du anderen helfen. Wenn Du Dich selbst zerstörst, hilfst Du niemandem ..."

Meiner Einschätzung nach wollte er mir damit ungefähr Folgendes sagen: Ist man nicht von vornherein der Verlierer als nichttrinkender Partner? Die Frage, ob Liebe zu einem trinkenden Partner möglich ist, wäre nur dann mit „Ja" zu beantworten, wenn man bereit ist, sich selbst aufzugeben, seine Träume von einem guten Leben zu begraben und zu akzeptieren, dass man sich auf nichts verlassen kann.

Wer von Epidemien spricht und darüber, wie man sich schützen kann, beispielsweise durch Impfung, sollte auch davon sprechen, wie man sich vor Suchtkranken schützen kann. Zwar spricht man von der Co-Abhängigkeit, aber die ist doch nur eine - wenn auch übertriebene - Form der Hilfsbereitschaft.

Heute bin ich jedoch der Ansicht, dass im Falle eines Suchtkranken diese Hilfsbereitschaft und das Mitleid zur Selbstvernichtungswaffe für den Angehörigen wird. So, als würde sich der Organismus selbst angreifen und die Immunabwehr das körpereigene Gewebe zerstören.

Bei dieser Krankheit braucht am Ende sogar der gesunde Mensch an der Seite des kranken einen Therapeuten, um aus dem Teufelskreis herauszukommen. Es tut höllisch weh, weil der Süchtige ja nicht grundsätzlich schlecht ist, sondern lieb und aufrichtig, kurzum, weil er vielleicht viele gute Eigenschaften besitzt, aber im Hintergrund ständig die Sucht lauert, die immer wieder erbarmungslos zuschlägt.

Ich weiß aus meinem "Fall" mit Dana, dass, obwohl sie der liebste, sensibelste Mensch sein kann, sie manchmal ein eiskalter Klotz ist, wenn die Droge sie im Griff hat. Ich erkannte sie dann nicht wieder. Einige ihrer Verhaltensweisen und Handlungen entspringen einer verletzten Seele.

Auch Clemens, Danas Exmann, der jahrelang ihren Drang zur Selbstzerstörung machtlos mit ansehen und ertragen musste, sagte zu mir: „Ich lasse es nicht zu, dass diese Sache mein Leben weiterhin in Anspruch nimmt." Was die Beziehung zu diesem Arzt in Dana ausgelöst haben könnte, bleibt für mich natürlich reine Spekulation. Von meinem Standpunkt aus aber sage ich heute, dass einem Menschen wie Dana der richtige Anstoß zur Selbsthilfe fehlte. Weder das Aussprechen von Drohungen noch etwa Schwarzmalerei gegenüber dem Betroffenen helfen ihm dabei, sich von seinem Dämon zu befreien. So viel aber ist sicher: Es liegt an ihr selbst, inwieweit sie bereit oder auch dazu fähig ist, die nötigen Kräfte freizusetzen, um aus dem Teufelskreis der Sucht wieder herauszukommen und ihm auch künftig fernzubleiben.

Selbst wenn Dana es wahrscheinlich nie auszusprechen vermochte, vermute ich, dass sie im Laufe der Jahre vermehrt mit sich selbst gehadert hatte: *„Ich will und kann nicht mehr* *mit diesem Dämon, dem Alkohol, der immer im Hintergrund lauert, leben."*

Eine vertraute Person, die diese Geschichte kennt, stellte mir die Frage, ob ich Dana noch heute meine Hand reichen würde, wenn sie erneut in Not geriete und mich um Hilfe bäte. Meine Antwort hierzu lautet: „Nein, aber ich würde sie auch nicht komplett abweisen. Diese Begegnung hätte mit Sicherheit einen anderen Charakter als damals."

Ich wünsche mir, dass sie heute wohlauf ist, und sollte sie jemals wieder hinfallen, so hoffe ich, dass sie aus eigener Kraft wieder aufstehen kann.

Mittlerweile sind drei Jahre vergangen. Dana ist längst weiter weggezogen, sie wohnt jetzt fern von der Doppelstadt am Rhein. Sie folgte, wie zu erwarteten war, ihrem Exmann, dem Arzt, um ihren beiden Kindern nahe zu sein.

Nach dem Tod meiner Mutter habe auch ich dem Rhein-Neckar Gebiet den Rücken gekehrt. Über zwei Jahrzehnte habe ich dort verbracht; studiert, gearbeitet, geliebt, ein Kind gezeugt und gelitten. Nun war es an der Zeit wieder zum meinen Wurzeln zurückzukehren, denn meine eigentliche Heimat, wo ich mich tatsächlich zuhause fühle, ist die schöne Bodenseeregion.

Eines Tages hörte ich Dana, aus der Ferne, wie in einem Traum zu mir sprechen: „Hallo Timm, mach dir weiter keine Gedanken und sei vor allem nicht mehr traurig um mich. Es geht mir schon lange wieder gut!"

ANHANG

DANKSAGUNG

Mein ausdrücklicher Dank geht vor allem an meinen Freund und Kollegen Jörg Hill, der mir das Buch geschrieben hat und der in seiner Sprachgewandtheit all das, was ich damals gefühlt habe, auf den Punkt gebracht hat. Ohne sein unermüdliches Engagement und der außergewöhnlichen Einfühlungsgabe, wie er sich mit dieser Geschichte auseinandersetzte, wäre dieses Werk niemals zu dem geworden was es ist. Außerdem teilen wir ein gemeinsames Hobby, das Fotografieren. Jörg gebührt übrigens auch die Anerkennung für die Gestaltung des sehr schönen Buchcovers.

Vielen Dank auch an Ilona, mein Sonnenschein, die mich während der Entstehung dieses Buches liebevoll ertragen hat.